Azouz Begag

Les Dérouilleurs

Ces Français de banlieue qui ont réussi

MILLE ET UNE NUITS

Ce livre est tiré d'une recherche financée par l'Institut des Hautes Études sur la Sécurité intérieure et la Délégation interministérielle à la Ville en 2000.

ISBN : 2-84205-660-4

Sommaire

INTRODUCTION

L'ÉCART À LA VILLE

Au cours de l'enquête dont ce livre est tiré, la première fois que j'ai entendu prononcer le mot « dérouiller » par l'un de mes interlocuteurs, j'ai froncé les sourcils. Pour moi, une « dérouillée », en bon vieux français, signifie une volée de coups, et donc le verbe qui en découle voulait dire « donner des coups à quelqu'un ou bien en recevoir, avoir très mal ». Mais dans le dictionnaire, j'ai découvert que, familièrement, le verbe « dérouiller » peut signifier « dégourdir, réveiller ». Ainsi mon interlocuteur avait-il plutôt cet usage en tête en déclarant qu'il fallait « dérouiller » du quartier si on voulait réussir sa vie. Dans son esprit, cela désignait le contraire de « rouiller » au pied de son immeuble, le contraire d'être oisif, de « tenir les murs »...

Enfants de banlieue et réussite sociale

Ce livre est le fruit d'une centaine d'entretiens approfondis, menés en 2000 et 2001 auprès de personnes âgées de trente à quarante-cinq ans, issues des quartiers sensibles et qui en sont parties, connaissant ailleurs une relative promotion sociale. L'objectif de l'enquête était de connaître les raisons, les mécanismes et les histoires singulières qui les ont poussées à quitter, voire à fuir ces zones d'habitat stigmatisées afin de voir si, en fin de compte, la rupture avec leur lieu, leur milieu, ou les deux à la fois, leur apparaissait rétrospectivement comme la condition indispensable pour sortir d'une certaine spirale morbide. Autrement dit, il s'agissait de débusquer les liens existant entre mobilité et réussite sociale concernant les enfants des banlieues. Et je tiens à préciser d'emblée qu'il était exclu de réduire ces liens à une simple relation de causalité pouvant laisser penser que la mobilité à l'extérieur du ghetto est une condition nécessaire et suffisante à la réussite sociale.

Afin de renforcer la pertinence de la recherche, des questions similaires ont été posées à des personnes restées dans leur cité et qui y ont fait leur vie : le fait de ne pas avoir changé de lieu ne leur a-t-il pas été préjudiciable ?

L'affranchissement du lieu

Pour explorer ces interrogations, je suis parti d'un constat et d'une hypothèse.

Le constat : la morbidité des quartiers

Le constat est fait de signes. Derrière ces immeubles de la Courneuve[1], de la Maladrerie, du Val-Fourré, du Mas-du-Taureau, de la Grande-Borne, des Francs-Moisins, des Minguettes... qui ont si mal vieilli, on découvre l'imbrication des questions ethniques et sociales, des violences dans

1. David Lepoutre, *Cœur de banlieue*, Odile Jacob, 1997.

les établissements scolaires et dans les transports collectifs, la dégradation des espaces publics, l'usage d'un langage codé, la délinquance infantile, l'irrespect à l'égard des forces de l'ordre, etc. Depuis plus d'une génération, entre les quartiers sensibles et le reste de la ville, la fracture s'est amplifiée, à tel point qu'entre les deux mondes, la frontière est désormais presque repérable à l'œil nu, les peurs et les fantasmes presque gravés sur une carte géographique. Les forces de l'ordre et les personnels des transports publics sont sur la brèche, tant au sens propre qu'au sens figuré. Alors que son véhicule pénétrait à l'intérieur d'une cité, un chauffeur de bus que j'interviewais m'a signalé qu'à partir d'*ici*, il ne vendait plus de tickets et que les contrôleurs cessaient de contrôler à cause des risques d'agression; il montrait du doigt une frontière que lui seul semblait voir, comme la porte d'une autre ville. Des médiateurs, accompagnateurs, agents d'ambiance, grands frères... ont même été embauchés pour assurer le passage entre les deux mondes.

Aujourd'hui, la scission, *scission qui rompt* avec l'idée de la ville accessible à tous, est si évidente que les acteurs politiques s'accordent sur la nécessité d'un programme intensif de démolition des ghettos[2]...

Au fil des générations, depuis leurs périphéries urbaines, certains jeunes se sont construit collectivement des visions du monde extérieur fondées sur la souffrance, la dérision, les bravades et le repli défensif. Ils ont intériorisé les stigmates. Comment s'en sortir quand on a passé sa jeunesse dans l'un

2. « Faut-il démolir les cités ghettos ? », *Le Monde*, 2 octobre 2001.

de ces quartiers d'exclusion, comment s'en « arracher » pour échapper au syndrome du ghetto et se donner une chance de devenir un individu comme les autres, dans cette société française qui a fondé sa philosophie de l'intégration sur l'égalité (des chances) entre les citoyens, mais qui a paradoxalement laissé s'installer tant de discriminations envers ses nationaux pénalisés par leur visibilité ?

L'hypothèse : la distance personnelle

Discriminé par sa domiciliation dans son quartier (délit d'adresse) et/ou par son apparence physique (délit de faciès), l'individu n'a-t-il pas intérêt à se démarquer de son lieu de vie, des préjugés (stigmates) qui lui sont associés, de faire le plus vite possible son *baptême de l'ailleurs* pour se créer des repères personnels[3] ?

J'ai supposé qu'une fois que l'individu avait acquis un capital de mémoire, de connaissances, d'expérience, une capacité à juger sa propre situation dans le quartier stigmatisé, il se trouvait tôt ou tard confronté au choix entre l'*ici* et l'*ailleurs*. Qui plus est, il a aujourd'hui à sa disposition de nombreuses possibilités lui permettant, dans l'absolu, d'échapper à cette assignation à résidence qui caractérise une partie des habitants des quartiers sensibles, pourvu qu'il jouisse toujours de la faculté d'imaginer, car d'elle dépend celle de se projeter dans un autre lieu. On retrouve là une idée primordiale des fondateurs de l'écologie urbaine de Chicago : pour eux, la grande différence entre les plantes et l'organisme social réside dans

3. Edward T. Hall, *La Dimension cachée*, Le Seuil, collection Points, 1972 (pp. 28 et 150).

maison de jeunes, chef d'une petite et moyenne entreprise, responsable de magasins, ex-mannequin, secrétaire général de mairie, membre du Conseil national des villes, romancier, chargé de mission dans des cabinets ministériels, professeur de collège, assistante sociale, infirmière, responsable d'association de quartier, organisateur de concerts, producteur de groupes de musique, directeur de la maison de l'enfance d'un quartier, chorégraphe, ex-adjoint au maire, animateur social, journaliste radio, chef de projets de développement social urbain, comédien de théâtre et de cinéma, ex-députée européenne, médecin, producteur de cinéma, chanteur... bref, une variété qui permet d'examiner le parcours social des dérouilleurs sans porter de jugement de valeur sur la réussite, mais uniquement entre un point de départ (le quartier) et un point d'arrivée (là où il en est au moment de l'enquête).

Diversité aussi en ce qui concerne les origines, puisque dès le début j'ai choisi d'interroger aussi bien des Français de souche que des Antillais, des Africains et des Maghrébins, pour mieux identifier l'expérience de la cité au regard de leur trajectoire. Cependant, il faut reconnaître que les dérouilleurs d'origine maghrébine – hommes et femmes – ont malgré tout constitué la majeure partie de l'échantillon, ce qui n'a rien de contradictoire avec leur présence, leur visibilité et, dirais-je, leur « visibilisation » dans les banlieues.

Représentations de réussite et parcours de vie

Ceux qui restent

Il ne suffit pas de sortir de son quartier pour réussir socialement, ni de bouger physiquement pour trouver les repères identitaires susceptibles de permettre l'aventure de la mobilité sociale. J'insiste de nouveau sur ce point important afin d'éviter tout raccourci analytique. Les jeunes des banlieues ne s'en sortiront pas tous simplement en sortant de leurs quartiers. Tout d'abord, parce qu'il n'y a aucune raison de les amalgamer, ensuite parce qu'il n'y a pas d'automaticité entre mobilité et réussite sociale. Si les uns ont une propension à prendre des risques, à transgresser les limites et à s'affirmer par la confrontation avec les différences, d'autres n'ont pas les mêmes aspirations ou histoires familiales et n'éprouvent pas de rancœur à l'encontre de leur lieu de vie, fût-il dégradé. Ils y ont construit leur équilibre, souvent en améliorant leur confort de vie, parfois en achetant une maison.

D'autres aiment y revenir, parce qu'ils y ont encore leurs parents, leurs amis, à l'instar d'Amar, un exemple parmi d'autres, metteur en scène de théâtre qui a passé toute sa jeunesse dans le quartier HLM d'Orzy, à trois kilomètres du centre de Revin, près de Charleville-Mézières dans les Ardennes. Il est parti et a vécu pendant six ans à Paris. Aujourd'hui, il est revenu chez lui, dans son quartier. Quand je lui ai demandé pourquoi, il m'a juste répondu qu'il s'y sentait bien : c'est son foyer, il lui apporte la chaleur dont il a besoin. Comme lui, d'autres ont fait le choix de vivre dans le quartier, ils y ont trouvé du travail, souvent dans le secteur socio-culturel, une source d'emploi importante depuis plusieurs années.

Ce secteur n'est pas le seul. Depuis plus de dix ans, les quartiers sensibles sont devenus un chantier et un creuset d'embauche pour des gens considérés par leur origine culturalo-géographique comme « issus du milieu ». La filière médiation a permis de recruter des personnels qualifiés à partir d'un vécu « d'*insider* », d'enracinés dans le territoire où ils ont grandi. Quand ces métiers permettent de se développer personnellement, de multiplier les rencontres et les connaissances, tout en restant dans le quartier, l'individu ne ressent pas le *besoin d'ailleurs*. Pour tous les gens stabilisés professionnellement dans un quartier sensible et qui y sont légitimés, l'hypothèse d'un départ ne se pose plus : c'est là qu'ils ont leur histoire, que leurs parents habitent encore.

En réalité, grâce à une amélioration de leur situation économique le plus souvent, ces derniers ont pu se loger en dehors du parc social, dans des maisons individuelles. On en retrouve beaucoup dans une ville comme Marseille, certainement en raison du cadre et de la qualité de vie qu'offre la région.

En fait, ces personnes qui défendent leur attachement au quartier ont en commun le privilège de pouvoir choisir. Elles disposent, si elles le souhaitent, de la possibilité de changer de lieu et de situation. Je cite ici le cas de Mossa, comédien, qui part régulièrement pour des tournages de cinéma aux quatre coins de la France ; lorsqu'il revient dans son quartier situé au nord de Marseille, il se repose, au sens littéral du terme, il retrouve ses amarres, chez lui. Comme lui, un certain nombre de personnes ne se sentent pas pris par le sentiment de frustration qui a gagné celles et ceux, « prisonniers » de leur lieu de résidence. Façon de dire que lorsqu'on a potentiellement les moyens de déménager à tout moment du quartier, on choisit plus facilement d'habiter près de ses proches, sans nécessité de rupture. À une nuance près : aujourd'hui, compte tenu des réalités sociologiques, économiques et culturelles qui grèvent la vie dans les quartiers sensibles, la probabilité pour un enfant d'évoluer dans un milieu stable et fertile est faible, et la plupart des personnes interrogées dans cette enquête ont montré qu'elles ont à cœur de choisir pour leurs enfants un établissement scolaire sans risque. À long terme, les stratégies sociales accentuent inexorablement l'évitement de ces quartiers.

Cela dit, voyons à présent quel contenu les dérouilleurs donnent à l'idée de *s'en sortir, de réussir, de s'en tirer,* au vu de leur parcours.

Représentations de la réussite.

Bien que variées, les réponses sont toutes le fait d'individus marqués par leur milieu d'origine, modeste, ouvrier. Voilà pourquoi, quand ils parlent de réussite, ils évoquent en premier lieu l'aspect économique et l'aisance financière matérialisés par l'accès à la société de consommation, une minimisation de leur dépendance sociale, une valorisation aux yeux de leurs proches, la liberté surtout. Celle de choisir son lieu de résidence et d'être mobile.

Dotés d'une conception différente de la liberté et du choix de vie, l'idée que les dérouilleurs se font de leur réussite diverge nécessairement. Elle induit en effet une capacité à interroger l'équilibre existant entre vie privée et vie professionnelle, entre l'individu et sa communauté, entre pouvoir d'action sur la société et intégration aux normes, etc.

Accès à la société de consommation.
La figure du conformiste

Pour les dérouilleurs qui ont été délinquants dans leur quartier ou qui ont connu la prison, la réussite, c'est surtout d'être sorti du « trou » et d'avoir pu se resocialiser. Ils ont un travail, des horaires à respecter, une famille, un logement, un rythme de vie quotidien... en bref, c'est un retour à une certaine normalité. Ils pensent l'échec et la réussite en référence à une normalité vécue comme idéal de vie. Cela se traduit par un besoin de reconnaissance sociale, de dignité, d'invisibilité dans la société française, après avoir été trop longtemps hors normes, « largué » et marqué. La resocialisation est l'occasion de reconstituer un équilibre au sein de sa famille et de reformuler des projets de vie ; c'est une nouvelle temporalité.

La rupture avec le lieu et le milieu a transformé le regard du dérouilleur. Sa nouvelle *position* géographique et sociale lui permet, *via* l'éducation de ses enfants, de faire des projets à long terme, de voir « loin ».

Tahar, ancien habitant de la ZUP de Vaulx-en-Velin a échappé à la tyrannie du présent et à l'obsession de l'argent qui l'entravaient alors qu'il habitait le quartier. Maintenant, il gagne sa vie « proprement », comme il le dit, il ne doit rien à personne. Ses deux enfants ont largement participé à sa métamorphose psychologique. L'image que lui renvoient maintenant ses proches, ses parents, confirme son sentiment d'avoir réussi quelque chose de bien. Il a trouvé sa voie, il s'est trouvé. Il a renoué des liens avec son environnement, colmaté les fractures nées des ruptures de sa vie passée. Depuis quelques années, il travaille à Paris mais garde de fortes attaches à Vaulx-en-Velin, dans la région lyonnaise, où vit encore toute sa famille. Il est fier d'être aujourd'hui en mesure de rembourser les sacrifices consentis par ses parents pour son éducation.

La notion *d'individualité,* récurrente dans ce type d'attitude, rend bien compte du désir de se dégager des stigmates qui marquent les jeunes des banlieues en les identifiant davantage par leur origine que par leurs mérites et leurs compétences personnelles. Les entretiens témoignent en permanence de ce besoin de reconnaissance sociale.

Liberté de choix. La figure de l'intellectuel

Pour « l'intellectuel », la réussite fait signe vers la notion de richesse de choix. Quand des individus ont longtemps vécu dans une situation de dépendance, d'assistance – dans des logements à loyer modéré, par exemple –, le pouvoir de choisir a valeur d'émancipation sociale.

Sid, haut fonctionnaire territorial : « Pour nous, réussir ça voulait dire réussir socialement. Quand on vient de milieux ouvriers, réussir c'est tout de suite la réussite sociale : ingénieur, médecin, bien gagner sa vie, pour nos parents c'était ça. Aujourd'hui, avec le recul, la notion de réussite a changé, la recherche systématique du meilleur niveau de vie n'est pas un objectif en soi et faire ce que l'on a envie de faire est aussi important... Prendre du temps pour faire ce que l'on aime, avoir le choix. Quand je discute avec mes copains, ils regrettent tous de ne pas avoir fait d'études... Moi, aujourd'hui, j'ai le choix, je fais ce dont j'ai envie, je peux changer. Pour moi, réussir c'est avoir le choix et faire ce que l'on aime... »

Bien plus que pour « le financier », pour « l'intellectuel », la réussite prend comme référence l'épanouissement de la personnalité, l'accomplissement des ses aspirations propres. À l'évidence, son attitude n'est pas comparable à celle d'individus souhaitant seulement être anonymes dans la société.

Quand le dérouilleur fonde la réussite sociale sur le pouvoir de choisir pour être libre, c'est qu'il a ressenti à un moment donné la nécessité d'agir, de travailler à l'acquisition d'un savoir-faire professionnel, qu'il a participé à des stages de formation dans des écoles spécialisées... Réussir, pour « l'intellectuel » c'est avoir trouvé dans les études des clés de lecture du monde, dans toute sa complexité et sa richesse et, croire ainsi qu'il a évité l'aliénation dans la société de consommation. Lorsqu'ils comparent leur sort à celui de leurs pairs qui n'ont pas bougé, les dérouilleurs de ce groupe ne regrettent pas leurs parcours, ; ils ont le sentiment profond d'avoir avancé, d'être sortis du cercle morbide. Ils se sont donné les moyens de faire peau neuve. Le sentiment d'être acteur de sa destinée domine dans cette figure.

Le socio-politique

Les dérouilleurs ont souvent conscience d'avoir eu des parents qui ont subi leur vie plus qu'ils ne l'ont dirigée. D'où cette idée de la réussite portée par un groupe qu'on peut nommer *les socio-politiques*. Pour eux, réussir prend sens quand les activités sociales ou politiques qu'ils mènent aboutissent à améliorer l'insertion, l'intégration, et à diminuer les discriminations. L'intention qui les anime de changer la société dépasse leur volonté d'accomplissement personnel, ou tout au moins elle lui est liée.

Salim, conseiller ministériel : « J'ai un salaire qui me permet d'être indépendant. Mais "réussir", non, je n'ai pas encore réussi, on ne peut pas dire ça. Je pourrai le dire quand un maximum de Beurs auront fait le même parcours que moi, quand on ne sera plus des exemples, mais banalisés. Moi, il n'y a qu'une chose qui m'intéresse, c'est qu'il y ait des Mouloud, des Moura, des Fatima qui réussissent dans la société. Quand le chef des armées françaises sera Maghrébin… La réussite, c'est quand tu arrives à aider les autres tout en restant libre… »

On voit nettement ici se dessiner la figure singulière du socio-politique. Généralement, ils sont chargés de mission dans un ministère ou élus, et veulent contribuer à l'amélioration des conditions de vie de leurs semblables dans les quartiers, favoriser leur visibilité sociale et politique, en respectant la philosophie citoyenne et républicaine.

Salim : « Je pourrai dire que j'ai réussi quand j'aurai la nette impression que les dispositifs que j'ai mis en place à l'échelle nationale auront permis de débusquer des cas de discriminations et de faire reculer le racisme ainsi que favoriser l'accès des jeunes à la citoyenneté. Réussir, ça ne veut rien dire pour moi. Si, peut-être : être heureux dans la sphère privée. Sinon, professionnellement, c'est une bagarre permanente... »

Pour le socio-politique, la défense d'une cause commune interdit de donner une définition de la réussite qui ait une connotation personnelle. C'est l'intégration de leurs pairs en politique ou la lutte contre les discriminations qui définissent dans ce cas de figure la réussite.

Au fond, la réussite s'évalue dans un regard relatif à un univers de référence personnelle, selon l'histoire familiale de l'individu, son caractère, l'idée qu'il se fait de sa place dans le monde. En somme, c'est à lui que revient la faculté de définir la nature de ce qu'il entend par « réussite » ou « insertion » et de ce que lui a fait gagner sa mobilité géographique.

Ce livre se compose de trois chapitres. Après l'examen du rôle du père et de la famille dans les trajectoires des dérouilleurs, il aborde leurs caractéristiques psychologiques et les facteurs de déclics pour chacun d'eux, avant d'aboutir à un débat essentiel : l'émancipation de l'individu. Car, au fond, cet ouvrage raconte l'histoire de quelques-uns des premiers enfants des banlieues des années soixante-dix et quatre-vingt qui ont dû « s'arracher » pour apprendre à composer avec les modes de fonctionnement de la ville des « Autres », jouer des distances culturelles, sociales, géographiques, pour s'inventer leur propre espace et *devenir des Français moyens*, ou alors être perçus comme tels. Ou bien, comble de l'insertion, ne plus être vus du tout.

Souvent mariés, parents d'enfants en bas âge ou adolescents, les dérouilleurs sont donc des anciens des banlieues. *A posteriori,* on peut donc aussi lire ce livre comme une reconstitution de mémoire pour nombre de ces hommes et femmes qui ont passé une partie de leur vie dans les quartiers de Lyon, Saint-Étienne, Grenoble, Marseille, Lille, Nîmes, Montbéliard, Mulhouse, Strasbourg, Reims, en Région parisienne (Aubervilliers, La Courneuve, Drancy, Nanterre, Garges-lès-Gonesse, etc.) [11]. À ma connaissance, c'est la première fois qu'une collection d'histoires de vie est menée auprès de ceux qu'on appelait la première génération d'enfants d'immigrés, plus schématiquement « la seconde génération » [12].

Il ne faut pas espérer trouver ici une recette de réussite sociale, mais bien plutôt matière à poser les jalons d'une réflexion plus globale sur les transformations intergénérationnelles avec les jeunes des banlieues d'aujourd'hui, les rapports aux territoires, les temporalités, les identifications, la citoyenneté française.

11. Lieux de nos enquêtes…

12. Il faut noter que ce terme est devenu obsolète. On ne parle plus aujourd'hui de première ni de deuxième ou de troisième génération d'immigrés, mais de grands frères ou de jeunes des banlieues. Les individus ne sont ainsi plus référencés par leur origine ethnique, mais par leur adresse urbaine.

CHAPITRE PREMIER

ENVIRONNEMENTS FAMILIAUX

Au nom du père

La figure du père est posée au centre de gravité des destins des dérouilleurs. Ce n'est pas par hasard. Il faut se souvenir qu'au cours des décennies soixante et soixante-dix, dans les familles ouvrières immigrées, nombreuses s'il en est, c'est son autorité qui structurait l'évolution des enfants ; elle assurait la cohésion familiale. Sa migration en France, d'un milieu rural à un milieu urbain, avec le projet constant de retour au pays, participait largement à la formation identitaire des enfants. On le retrouve bien dans l'analyse de la littérature beur [13]. Ainsi, fréquent était le schéma montrant le père se sacrifiant au travail en usine pour procurer à sa famille des conditions de vie décentes, et qui imprimait ainsi dans l'esprit des enfants la voie d'une mobilité sociale ascendante. Durant la période faste des « Trente Glorieuses »,

13. G. Alec Hargreaves, *Immigration and Identity in Beur Fiction. Voices from the North-Immigrant Community in France,* Berg, Oxford, 1997.

ce père, pourvoyeur des ressources économiques, faisait figure de chef respecté, car dans la société française, son utilité économique lui conférait pouvoir, dignité et légitimité [14].

Dans les trajectoires des dérouilleurs, cette figure paternelle est donc omniprésente ; mais il faut bien remarquer que les façons dont elle influence les destins des filles et des fils sont très contrastées. Les situations s'étalent en effet depuis celle du père totalement absent de l'éducation des enfants, au père omniprésent, castrateur, du père affectueux et surprotecteur au père violent, du buveur d'alcool au traditionaliste musulman intransigeant... Il n'y a pas de famille type dont on pourrait dresser un portrait-robot. Cependant, il faut reconnaître que le cas où le père est absent, à cause d'un décès, d'un divorce... est le plus récurrent et le plus marquant, parce que son absence a laissé d'importantes séquelles psychologiques sur les enfants.

Je vais présenter ici différents cas montrant comment le père a conditionné – comme exemple à suivre ou à éviter – le destin de ses enfants dans le domaine de l'éducation scolaire, de l'identité, des rapports filles/garçons, des valeurs familiales, de l'autorité et du respect, du code de l'honneur...

Le père éducateur

Ce premier cas est le plus facilement repérable. Dans les familles, lorsque le père a surmonté les perturbations psychologiques liées à son exil, qu'il a su inculquer à ses enfants les valeurs de l'effort

14. Azouz Begag, Abdellatif Chaouite, *Écarts d'identité*, Le Seuil, collection Point virgule, 1990 (130 p.).

et du travail, lorsque, enfin, il a vécu harmonieusement avec sa femme, alors les conditions affectives sont réunies pour la réussite scolaire des enfants. On a tellement en tête l'image caricaturale du père immigré « largué », démissionnaire, débordé par les problèmes de ses enfants, qu'il valait la peine ici d'en prendre le contre-pied.

Sid : « Sur une famille de sept enfants, tous ont pu faire des études supérieures. Ma mère est illettrée, mais mon père a toujours accordé beaucoup d'importance à la réussite des études ; pour lui, c'était la seule voie de sortie. Les vieux immigrés disaient toujours : "Mon fils, il faut qu'il soit ingénieur, ou docteur !" Le nec plus ultra. C'était leur modèle. L'autre élément, c'est une certaine intelligence de situation de la part de mes parents contrairement à d'autres qui ont toujours eu une perspective de retour au pays et qui orientaient toutes leurs actions autour de ça. Mes parents ont toujours implicitement compris qu'il fallait faire le maximum ici. Bien sûr, ils ont eu le discours sur le retour mais mon père n'a jamais mobilisé de ressources pour aller acheter une maison ou une voiture en Algérie... jamais, alors que c'était une préoccupation majeure des parents de mes copains. La préoccupation première de mes parents, c'était qu'on ait des bouquins neufs à la rentrée. Ça joue beaucoup pour la réussite de bénéficier d'un environnement familial favorable. Mes parents ont fait le bon choix, qui est une sorte de sacrifice, pour leurs enfants. Après, c'est la chance. Je traînais dans la rue dans un quartier assez dur avec mes copains, dont certains entraient et sortaient de prison de manière assez permanente. Je vivais avec eux. C'étaient les conneries avec eux. Mais il y avait une règle du jeu chez moi : à 19 heures 30, il fallait que je sois à la maison. »

Chez Sid, alors que la famille habite un quartier, dans des conditions très modestes, la réussite des sept frères et sœurs semble spectaculaire. En réalité elle ne l'est pas tant que cela puisque dans tous les quartiers de France, on signale des familles à succès comme celle-là. Souvent, dans ces cas-là, c'est l'aîné qui a donné le ton en réalisant de brillantes études, créant ainsi un rail ascendant pour les suivants. En outre, une *conscience de classe* nourrit chez ces individus une volonté de s'en sortir plus précoce que chez d'autres. Elle s'appuie sur le sentiment d'un devoir d'excellence vis-à-vis des Français de souche en classe, d'une dette envers ses parents, d'une fierté de se surpasser et de dépasser leurs conditions de vie. C'est ce que les pédopsychiatres appellent les « enfants chargés de mission ».

Tout comme Sid, Amar est un autre exemple de ces enfants chargés de mission. Il habite dans une cité près de Nîmes, étudie le droit à l'université de Montpellier. « Je veux dire aussi que j'ai voulu rendre à mes parents ce qu'ils avaient fait pour nous. Il sont arrivés sans rien il y a trente ans, pour donner à leurs enfants les chances d'une autre vie. Je le leur "rends" en étudiant. Bien sûr, ce que je dis aujourd'hui, je ne le disais pas quand j'avais treize ans. C'est une longue réflexion. Je crois que je suis imprégné par l'éducation que m'a donnée mon père et si j'avais mal tourné j'aurais eu honte de n'avoir même pas essayé... Mes parents nous ont dit de ne jamais oublier ce que nous étions et d'où nous venions. Ils n'ont peut-être jamais craint quoi que ce soit pour nous. Je redirais qu'ils ont fait des sacrifices pour nous, donc je leur “rends”. »

Ces témoignages démontrent-ils ici une quelconque spécificité des individus d’origine maghrébine par rapport aux autres ? Je répondrais en mettant en avant la force de la relation au père et l’importance attachée au maintien de la cohésion familiale qui me semblent plus marquées que dans les cultures occidentales. En France, un jeune de vingt ans ne nourrit pas nécessairement un sentiment de dettes vis-à-vis de ses parents qui se seraient sacrifiés pour son éducation, et ne se donnera pas obligatoirement l’obligation de réussir ses études pour leur faire plaisir, tout simplement parce qu’il pense en individu indépendant qui n’est pas « endetté » à la naissance vis-à-vis de ses géniteurs. Ce qui n’est pas le cas chez les Maghrébins.

Du reste, plus les dérouilleurs avancent en âge et plus ils ont tendance à se rapprocher des valeurs culturelles originelles de la famille. Ils reviennent à la langue maternelle, parlent de retour au pays, de religion, de circoncision des enfants, sans doute pour correspondre à l’image que leur père se faisait d’eux dans leur enfance.

Beaucoup de parents paysans immigrés analphabètes ont su trouver les arguments pour stimuler les dérouilleurs dans le travail scolaire, alors qu’ils étaient enfants. Il va de soi que lorsqu’ils étaient lettrés, cette stimulation était encore plus vive. Dans les enquêtes, on trouve des exemples de parents qui étaient engagés politiquement, syndicalement, qui maîtrisaient le français et chez qui la contribution à la promotion sociale de leurs enfants est particulièrement marquée. En fait, ils participaient à la vie sociale dans la société française. Ils n'étaient pas à côté. Forcément, cet engagement laisse des traces dans la mémoire des enfants, par ses effets stabilisateurs.

Ali : « Mon père y est pour beaucoup, j'imagine, puisqu'il nous a inculqué à tous l'idée que l'école était pour nous le seul moyen de vivre tranquillement dans ce pays, d'acquérir une situation professionnelle stable. Il a tout fait pour que l'on puisse y arriver. Donc il nous a surveillé : une surveillance du travail scolaire, un dialogue continu avec les instituteurs, les professeurs. Et puis il a été très strict sur les sorties. »

Dans les familles où le père savait lire et écrire, des témoins se souviennent que, jeunes, ils ont reçu des livres en cadeau d'anniversaire. Ce type de geste reste gravé dans les mémoires. Ce que ces pères ont permis, c'est d'assurer une continuité entre le dedans et le dehors, entre les différents espaces où se déroulait la vie de leurs enfants, la maison, l'école, les loisirs, la rue. Les dérouilleurs le disent bien en parlant d'un père qui était strict quant au contrôle de leurs sorties. La discipline inculquée aux enfants s'appuyait ainsi sur des horaires à respecter pour le retour le soir à la maison. Et dans l'espace public, lorsque les jeunes passaient du temps avec leurs copains, leurs comportements étaient en permanence soumis à la menace d'une sanction du père. On ne « traînait » pas dans les rues après une certaine heure, c'était la porte ouverte à tous les vices.

Dans les villes de province, comme dans certains quartiers où tout le monde connaît tout le monde, où les sociabilités sont établies sur le mode de la proximité, la question de l'honneur et du respect influençait beaucoup la conduite des jeunes « au dehors ». Ainsi, un membre d'une famille connue, reconnue, respectée depuis toujours dans un lieu, était naturellement astreint par cette mémoire à ne pas salir l'image véhiculée par son *nom de famille*, patrimoine commun et non pas individuel, ô combien puissant dans la carte identitaire de l'individu. Ces arguments expliquent beaucoup de choses dans les trajectoires des dérouilleurs. Dans la rue, la ville, le bus, le jeune n'était pas livré à lui-même, mais demeurait sous l'œil permanent de son père. Il n'avait nulle part où se cacher. Ce qu'on appelle avec humour « le téléphone arabe » permettait de rapporter au chef de famille tous ses faits et gestes dans la ville.

Si l'autorité du père est inoubliable dans les souvenirs des dérouilleurs, encore faut-il savoir comment elle s'est exercée pour pouvoir produire un effet stimulant sur eux. Sur ce point, il ressort clairement que lorsque les parents ont privilégié l'affection et l'estime vis-à-vis de leurs enfants – et surtout concernant les filles d'origine maghrébine – ils ont bénéficié d'un capital de confiance pour se forger précocement une personnalité et s'émanciper. Cela a été le cas de Zohra et Zidouma, respectivement responsable d'association dans un quartier et chorégraphe. Les bonnes relations qu'elles ont toujours entretenues avec leur père ont façonné leur caractère fort, leur individualité, leur force… qui les ont notamment conduites à contracter des unions exogames. Ainsi Zohra a-t-elle pu faire des études grâce à la motivation constante de son père, même s'il a marié sa sœur aînée vers l'âge de quatorze ans en Algérie. Zohra : « J'ai eu beaucoup de chance avec l'école. Mon père disait toujours : “les filles, faut qu'elles étudient, parce que s'il leur arrive un pépin, elles auront un métier”. Ça lui faisait beaucoup de peine de voir les femmes avec des enfants à charge et dans la misère... Il disait toujours : “Les femmes il faut qu'elles soient plus armées que les hommes”. Tu vois, mon père ne faisait pas de différence garçon-fille. Même si les filles doivent être comme ça et les garçons comme ça, parce que c'est la tradition, mon père était très proche de nous, il nous adorait. Mais il a perdu sa mère très jeune. Je pense que c'est lié, ça fait partie de son histoire. Il était militant aussi pendant la guerre d'Algérie, je pense que ça a joué.»

Quand le père s'est engagé dans une action collective, comme c'est le cas ici avec la guerre d'indépendance en Algérie, et qu'il a une grande sensibilité féminine, il y a de fortes chances qu'il respecte les désirs d'émancipation des femmes. C'est ce dont ont bénéficié Zohra et Zidouma. Dans les quartiers où elles ont grandi, leurs pères ont favorisé le développement psychologique de leurs filles et fait fi des rumeurs de voisinage qui couraient à leur sujet.

Dans les souvenirs des dérouilleurs, le père est souvent associé au travail scolaire. Des anecdotes inoubliables prouvent l'importance de sa présence dans le regard des enfants. Amor se souvient que le sien avait une bonne maîtrise du français, qu'il disait toujours que, quoi qu'il advienne, il voulait que ses enfants fassent des études. Il était très intelligent, une intelligence brute. Un soir, il se souvient que sa sœur aînée, alors en troisième, était rentrée de l'école avec une équation algébrique à sept inconnues à résoudre. Elle n'arrivait pas à la faire et la lui a donnée. Pendant que les enfants regardaient la télé, le père a retiré ses lunettes et s'est plongé dans l'équation. Au bout de trois heures, se souvient Amor, il a dit : « Voilà le résultat ». Stupéfait, il note que son père raisonnait par bon sens.

Quand on l'écoute raconter cette anecdote, on sent combien être fier de son père est gratifiant pour lui ; elle ressemble à une revanche du pauvre et de l'opprimé sur les *inconnues* de la société dont il est *a priori* exclus, mais dont son intelligence brute, c'est-à-dire naturelle, lui permet de venir à bout. Dans ce cas précis, la survalorisation du père apparaît comme une valorisation de soi et de son milieu d'origine.

Je contre le père

Dans ce deuxième cas de figure, très tôt le dérouilleur a pris conscience de l'aliénation subie par ses parents et du fait que l'éducation lui permettrait d'accéder à une position sociale plus élevée. Il imagine alors une stratégie sociale d'élévation, qui bénéficiera souvent de rencontres de circonstance.

Donc, quand la vie telle qu'elle a été vécue par les parents constitue le modèle à ne pas suivre, il devient impératif au dérouilleur de s'extraire de son milieu familial et de son territoire : il va élargir le cercle de sa distance sociale pour trouver ailleurs de nouvelles identifications. Motivé par sa pauvre condition d'origine, il abordera le monde extérieur avec une détermination plus mordante, ce qui lui vaudra d'être plus vite repéré que les autres par « un passeur », un enseignant ou un employeur. C'est l'histoire de Bernard, issu d'une famille de rapatriés d'Algérie, sorti d'un quartier sensible, responsable d'une structure sociale de l'enfance en région Rhône-Alpes. Quand on le questionne sur les ressorts qui l'ont propulsé, il évoque spontanément une révolte contre la misérable situation de son père au travail. Bernard : « C'était une révolte contre les parents : ils ont subi leur sort. Mes parents étaient pieds-noirs, ils sont arrivés en 62. Ils ont subi des choses pas possible, sans jamais se révolter… Quand mon père raconte aujourd'hui, à soixante-dix ans, il pleure… Il était cheminot ; parfois, quand ses collègues mangeaient dans un wagon, lui on le jetait dehors : "Toi, tu manges dehors ! sous la pluie…" Parfois, on lui sucrait des heures de travail supplémentaires : "Toi tu attends !" Et c'étaient toujours les autres qui avaient le boulot en plus… Il raconte, il raconte… À l'époque, il racontait peu mais moi et mes frères, on voyait bien qu'il était malheureux. Il intègre les choses, il les subit mais ne les digère pas… il rumine. Quand il craque, il pleure, même maintenant… C'est ça qui m'a donné envie de me révolter. Moi j'ai envie de savoir pourquoi il pleure aujourd'hui, pourquoi il a subi tout ça… »

Bernard fait partie du groupe des revanchards. Sa réussite est un refus du silence, de la passivité, de la pauvreté culturelle. Chez lui, la rupture avec sa famille et le quartier s'est amorcée au moment où la distance relationnelle qui le séparait des membres de sa famille est devenue critique. Progressivement, il a ressenti un décalage entre ses aspirations et l'esprit de sa famille. Alors, il a pris la fuite, comme moyen de survie. Dans ses mots, les valeurs relatives au respect, à l'honneur, à la dignité sont centrales.

Sa révolte a été psychologique seulement ; il n'a jamais subi de violence physique de la part de son père, ce qui n'a pas été le cas dans d'autres familles. Le père, trop présent, exerce violemment son autorité sur ses enfants, ainsi que sur sa femme, jusqu'à les pousser à la rupture. Dans certains cas, ni le père ni la mère n'ont apporté aux enfants les motivations et l'affection dont ils avaient besoin, et ce sont ces lacunes qui expliquent l'autonomisation que ces derniers ont très vite gagnée par défaut. Les filles sont les principales actrices de ce type de fuite et d'émancipation de survie. D'ailleurs, elles racontent souvent les désespoirs d'anciennes amies d'adolescence qui se sont suicidées dans la cité, faute d'avoir trouvé une issue de secours. Faema en a gardé un souvenir précis. Aujourd'hui, elle vit à Paris. Elle a deux enfants d'un mariage exogame. Elle s'est enfuie de sa famille de banlieue d'une ville de province alors qu'elle avait à peine seize ans. Avant elle, ses sœurs avaient déjà déserté la maison à cause du père, analphabète, veilleur de nuit dans un établissement public, alcoolique et brutal. Par la suite, les cinq frères ont aussi coupé les ponts pour aller vivre à Paris. Ici, à la différence du cas précédent, la fuite a été rédhibitoire. La violence du père contre les enfants était trop forte et la mère absente de leur éducation. Il n'y avait plus aucun lien d'affection avec les parents. Faema se souvient que sa mère ne la touchait jamais, qu'elle portait aussi en elle une violence héritée de sa propre mère ; c'est la seule explication qu'elle peut suggérer pour tenter de la rendre compréhensible. Durant sa triste adolescence dans la cité, elle ressentait chez son père brutal la douleur des contradictions qu'il vivait et, bizarrement, elle l'aimait, malgré tout. Elle se souvient de détails précis, de ces moments où, quand elle apprenait à lire, elle lui montrait ses cahiers avec fierté. « J'étais très proche de lui, je l'aimais. Je sentais la misère qu'il vivait en France, la dualité dans laquelle il bataillait. Et je voyais très bien quand il nous frappait, quand il buvait, que c'était contre lui qu'il en avait le plus… C'est un homme qui avait toujours vécu dans la campagne et qui s'est retrouvé tout d'un coup dans les tours de la cité. D'ailleurs, il ne restait jamais dans l'appartement, il tournait comme un lion en cage et finissait par sortir, toute la journée. Il était veilleur de nuit, c'est drôle. Il se ruinait la vie. Il est mort d'un cancer généralisé. Il fumait trois ou quatre paquets de cigarettes Disque Bleu par jour. Une vie de chien. Alors quand tu sors du boulot, tu vas au bar, qu'est-ce que tu veux faire ? T'es là. C'est pas possible… Tu peux pas t'en sortir. Pas d'issue… »

Paradoxalement, on constate dans cet exemple qu'une enfance et une jeunesse passées dans un milieu familial déchiré et violent peut créer les conditions d'une autonomisation précoce, par l'obligation de partir pour trouver une issue. D'ailleurs, au cours de l'entretien, Faema se demande spontanément à propos de son père s'il pouvait réellement s'en sortir, lui « qui tournait comme un lion en cage » à chaque fois qu'il rentrait à la maison et finissait inexorablement son errance au bar. Sans issue.

Le dérouilleur a grandi dans une famille sans père

Ce troisième cas de figure est l'opposé du premier, marqué par la présence effective et affective des parents dans la réussite des enfants. Ici, les personnes ont grandi dans des familles sans père, ni repère, mais curieusement, alors que cette absence aurait pu se traduire par un échec social patent, elles en ont tiré parti en développant dans leur personnalité des forces compensatrices à l'école, dans la rue, et dans la construction de leur caractère en général. Ce constat est encore plus flagrant chez les filles que chez les garçons. L'absence de continuité entre l'espace public et l'espace privé, dont il était question précédemment, ne les a pas cassées. Au contraire.

Pour les enfants élevés dans des familles sans père, les conséquences les plus immédiates sur leurs comportements ont été enregistrées à l'école. Ayant grandi dans sa cité d'Aubervilliers, Zoheir n'a subi aucune pression paternelle, aucune motivation. Pas même de la part de sa mère. Au collège, tout comme ses trois frères, il a été dirigé vers les classes d'adaptation professionnelle qui le préparaient à une entrée précoce dans le monde du travail. Avec le recul, cette situation lui fait dire qu'il a en fait vécu son enfance comme un homme libre. Zoheir : « J'ai toujours été un homme libre. Je n'ai pas eu de père. À l'âge de dix ans, j'étais dans la rue. Je n'ai pas eu de père ; je ne sais pas qui est mon père, pour moi c'est une personne qui n'existe pas. Je ne sais pas ce que veut dire "papa", ce mot n'a aucun sens pour moi. »

Aucune autorité n'a assuré la jonction entre la maison, la rue, l'école, pour structurer l'évolution des enfants, et très vite, Zoheir a eu, comme ses frères, maille à partir avec la justice. Cependant, cette enfance passée dans la rue lui a forgé un caractère très affirmé. Même scénario pour Mohand,

Amor, ou Aïcha… chez qui la carence d'une référence paternelle valorisante a donné lieu à une conscience de soi prématurée et à une solide affirmation identitaire comme moyen de s'en sortir.

C'est souvent l'aîné qui a dû assurer la responsabilité de l'éducation des enfants en substitution du père absent ou défaillant, et l'on retrouve ainsi l'idée du poids qui pèse sur les « enfants chargés de mission », comme dans la famille d'Amor : « Je sais que dans ma famille, on m'en a beaucoup voulu parce que je n'ai pas aidé mon frère aîné à s'occuper des petits frères et sœurs. Il avait seize ans quand il a pris toute la famille en charge, moi quatorze… J'allais encore à l'école. Je suis parti du Nord à dix-huit ans et demi, mon frère avait vingt et un, vingt-deux ans. Il a passé un CAP de chaudronnier et il travaillait tous les jours. Il a suivi des cours du soir pour passer deux diplômes d'ingénieurs… Beau, hein ! »

Il aura fallu beaucoup de caractère ou une belle inconscience à Amor pour abandonner les responsabilités familiales qui lui incombaient aux côtés de son frère aîné, et partir vivre sa vie dans le sud de la France. Son individualité était plus forte que les obligations culturelles, son caractère plus fort que le respect des codes sociaux. Il faut préciser que dans sa famille, la mère était très malade et n'a pu participer à l'éducation des enfants : ce fut une source supplémentaire d'angoisse pour Amor et une motivation supplémentaire pour s'écarter de son milieu familial.

Dans la famille d'Aïcha en revanche, sans père [15], la présence maternelle était très prégnante. La jeune fille est restée chez elle, n'a pas fugué

15. Le père est parti alors que les enfants étaient en bas âge.

comme d'autres l'ont fait; elle dédie même aujourd'hui sa réussite sociale à sa mère. Elle est journaliste. Aïcha : « Je pense qu'on le doit à ma mère. On était des enfants sans histoire. Mes frères et sœurs, tous, on a tellement souffert, on n'a pas été rebelles. C'est mieux, en fait, on ne s'est jamais dit : "Tiens on souffre, on est malheureux..." On a vécu avec cette souffrance comme si c'était quelque chose de naturel pour nous. Moi j'adorais l'école, mes frères aussi. On était heureux en allant à l'école parce que ça nous permettait de quitter ce climat familial... J'adorais les livres, les histoires, et ça me permettait aussi de rêver, de rêver d'autre chose et de me dire qu'il y avait un peu de beauté... On la retrouvait dans les livres, dans les histoires, dans nos jeux, à l'école avec nos camarades. Pour nous c'était vraiment un autre monde, un monde indispensable. On aimait être à l'école, le bonheur. Je n'ai jamais redoublé. C'est vrai, on était assez fier. On n'était pas beaucoup de Maghrébins à être scolarisés et bien scolarisés. Les profs nous prenaient en exemple dans la classe, notamment mon grand frère, né en 1973, qui a fait des études brillantes. On s'est très vite rendu compte en arrivant au collège, et même au lycée, qu'il n'y avait qu'avec l'école qu'on réussirait, enfin que notre réussite personnelle et familiale passerait par une réussite scolaire. On l'a su très jeune. Même mon frère nous faisait la morale : si quelqu'un rentrait à la maison avec une mauvaise note, il disait : "Rendez-vous compte, il y a vraiment que par l'école qu'on réussira, c'est notre seule chance d'être digne". »

Dans ces familles sans père, lorsque les enfants ont suivi une bonne scolarité, c'est la motivation conjuguée de l'aîné et de la mère qui a soutenu la réussite. L'école et les livres apparaissaient à la jeune fille comme des refuges face à la violence vécue dans le milieu familial.

Le rôle de la mère

Kalima : « En ce moment, ma mère est en dépression nerveuse, elle va pas bien du tout, parce qu'elle est à un âge où tout remonte, elle se dit c'est terrible... En fait, ma sœur aînée, celle qui a eu le plus de mal à couper le cordon, vit au Zimbabwe, donc t'imagines... Elle est allée très, très loin pour se couper de tous ses problèmes, c'est donc pas innocent... Et en fait, ma mère s'aperçoit que toutes ses filles sont loin, et elle est à l'âge où elle se dit que c'est terrible... Elle se remet beaucoup en cause. Et maintenant elle vient chez nous, elle connaît Patrick... Avec elle, c'est vraiment bien ; elle a assimilé tout ça, c'est dur mais elle a assimilé. Mon père c'est un homme, les hommes ne réagissent pas de la même façon. »

Le rôle de la mère dans la trajectoire des enfants dépend en fait de sa manière de réagir face à l'absence du père ou de sa présence « trop musclée » vis-à-vis des enfants. Selon qu'elle soit alphabétisée ou non, selon son âge, sa maîtrise du français et des rouages de la société, qu'elle ait ou non travaillé, son implication sera différente.

(a) Absence du père : 15 p
Rôle de la mère : 4 p } ? contraste exagéré

La mère dépassée

On voit bien, quand le père maltraite ses filles et que la mère ne s'interpose pas pour les protéger, parce qu'elle n'en a pas les moyens, comment elles finissent par s'enfuir à l'autre bout du monde, pour couper le cordon. C'est un premier cas, extrême mais non rare, d'une dislocation violente de la famille et de la fuite de ses membres. Là encore, les filles qui rompent leurs attaches de cette manière devront se prendre en charge le plus vite possible pour s'en sortir. Elles ont une obligation de réussite sociale, si elles veulent éviter de sombrer.

La mère qui assure

Second exemple de situation : des familles sans père, mais dans lesquelles la mère a dû se débrouiller seule pour subvenir aux besoins de ses enfants. Ces derniers, élevés par une mère Courage, ont été imprégnés d'une obligation de réussite à l'école. Ce schéma est surtout vrai pour les garçons. C'est sur eux généralement plus que sur les filles aînées, que la mère s'est appuyée pour motiver tous ses enfants sur les thèmes de l'effort, de l'école, de l'ascension sociale. Hacène : « Ma mère a paniqué un jour, parce qu'elle sentait le danger. Comme c'était un quartier très chaud, elle a senti, elle m'a regardé dans les yeux et m'a dit : "Quand ton père est mort, je l'ai tenu dans mes bras en arrivant sur le lieu de l'accident, et avant de fermer les yeux, il m'a dit une phrase : *Fais de mon fils quelqu'un !*" Et elle a ajouté : "Si tu ne le fais pas pour moi, fais-le pour lui…" Ce jour-là, j'ai fait un truc tout bête, j'ai pris un livre dans mes mains, *L'Île au trésor…* et j'ai commencé à lire. »

En donnant l'affection que le père ne pouvait apporter, la mère a assuré la stimulation des enfants pour qu'ils s'en sortent. Dans un autre cas, c'est parce qu'il était « le chouchou de sa mère » que le garçon a finalement réussi un brevet d'enseignement professionnel et qu'il a pu sortir de son quartier et s'en sortir.

Le réconfort trouvé auprès de la mère crée de la confiance et un équilibre psychoaffectif chez l'individu, participe à sa construction de repères stables et favorise à terme son éloignement-émancipation.

La mère surprotectrice

L'implication de la mère dans l'éducation de l'enfant peut même aller jusqu'à une surprotection et faire naître en lui un besoin irrépressible de « respirer », de s'extraire du cocon pour exister en tant que personne. Samir, dont la scolarité n'a pas été brillante, est aujourd'hui responsable régional d'une importante société de livraison à domicile en Rhône-Alpes. L'affection apportée par sa mère, sa présence et le contrôle qu'elle exerçait sur son travail scolaire ont été décisifs dans son évolution et lui ont évité de sombrer dans la délinquance. Samir : « L'éducation, c'est très important pour toute la famille, surtout pour ma mère. Oui, surtout pour ma mère, parce qu'avec mon père, c'était plus des choses extérieures à la maison, comme le jardin… Il n'a pas dû avoir une vie très intéressante au bled, étant donné qu'il habitait au fin fond de la montagne, qu'il a dû commencer à bosser à dix-douze ans, prenant une pelle et une pioche pour travailler avec mon grand-père, et que cela a duré jusqu'à ce qu'il aille faire sa vie en France. Donc, c'est vrai que mon père a une mentalité archi vieux jeu. Par rapport à ma mère, au niveau caractère ça colle, mais au niveau de la mentalité, ce sont les opposés ; c'est-à-dire que tous les conflits qui naissaient entre le père et les enfants, c'est ma mère qui les réglait. Elle allait, pas systématiquement mais souvent, dans le sens de ses enfants. Elle avait un esprit plus large, plus ouvert. Je ne faisais pas ce que je voulais, mais étant un peu le chouchou de ma mère, je faisais un peu ce que je voulais, mais avec des limites. Il y a des choses qu'elle n'acceptait pas au sujet de l'école, elle était assez stricte, elle regardait mon carnet de correspondance. Mon père n'y a jamais jeté un coup d'œil. Même s'il ne sait pas lire, les notes, les chiffres, il connaissait. Tout ce qui touchait au scolaire, c'était toujours ma mère. »

Aïcha se souvient que lorsqu'elle était petite, son père qui vivait encore à la maison lisait des livres et qu'un jour il avait même acheté des encyclopédies. Elle aussi est arrivée à se passionner pour la lecture. Aïcha : « Ma mère finissait par m'offrir des livres pour mon anniversaire. J'étais un rat de bibliothèque, je lisais, je lisais… » Grâce à cet engouement, elle est devenue bonne élève et a pu poursuivre des études universitaires dans une autre ville que celle où elle avait grandi – première séparation géographique légitimée par les études.

Après son divorce, sa mère s'est retrouvée dans une grande pauvreté économique et elle a dû se mettre à travailler pour payer l'éducation de ses enfants. Elle a renforcé la solidarité entre les membres de la famille en créant « une espèce d'esprit de clan », pour reprendre l'image d'Aïcha, en limitant au minimum les relations sociales extérieures pour imperméabiliser la cellule familiale.

Dans cet exemple, on voit à quel point l'engagement de la mère est total pour ses enfants et on n'est pas surpris qu'Aïcha s'y réfère pour expliquer sa réussite scolaire. L'école représentait le seul moyen de s'affranchir de la pauvreté... mais aussi de cette pression maternelle qui devenait suffocante.

L'influence du nombre d'enfants dans la famille

Bien entendu, dans une famille, l'efficacité de la stimulation parentale sur le travail scolaire des enfants est tributaire de leur nombre. À titre d'illustration, nos témoins sont issus de familles de huit à dix enfants en moyenne. Voilà donc un autre facteur expliquant pourquoi ils ont éprouvé un jour ou l'autre le besoin de s'émanciper. Le surnombre dans les familles nourrit rapidement un appel d'air, un désir de ne plus subir le brouhaha qu'il occasionne dans des appartements, la plupart du temps trop exigus pour ces familles.

Effets d'entraînement

Dans l'échelle de la fratrie, l'importance du rôle de l'aîné est établie dans tous les exemples, qu'elle soit positive ou négative. Quand il réussit brillamment un parcours scolaire ou professionnel, il y a de fortes chances pour que les autres suivent, à quelques incidents près. Chez Sid, la première sœur a fréquenté un lycée que tous les autres frères et sœurs ont fréquenté par la suite. L'établissement a ainsi gardé en mémoire le passage de l'ensemble de la famille. Du coup, les enseignants et les chefs d'établissements peuvent participer à corriger les écarts des uns ou des autres en faisant appel à la mémoire familiale et à la connaissance précise qu'ils ont de l'histoire de chacun. Chez Aïcha aussi, le grand frère a entraîné dans son sillage tous les autres, dans les mêmes établissements scolaires. Dans ces cas-là, on remarquera qu'une *continuité* est assurée entre les différents espaces de la vie quotidienne, du fait que les enfants reprennent à leur compte les motivations impulsées par les parents. Il y a un effet d'émulation incontestable. Ali, médecin : « L'école, c'était un plaisir pour moi. En fait j'étais malheureux quand j'étais malade et que je ne pouvais pas y aller, parce qu'aller à l'école était un plaisir pour moi : cela voulait dire retrouver des gens, apprendre des choses. J'étais assez friand de l'apprentissage des livres. Ma sœur m'a donné l'amour des livres, elle était toujours entourée de livres, de BD, ça a dû jouer quelque part… »

À l'inverse, quand le passage du relais n'est pas assuré par le grand frère ou la grande sœur, la mécanique de *l'effet d'entraînement* dans la fratrie joue dans le sens de la dislocation totale des liens familiaux. Cela a été le cas chez Faema. Chez elle, toutes les sœurs avaient quitté le domicile familial en réaction à la violence du père ; adolescente, elle s'est décidée à son tour à couper les ponts. Elle les a suivies à Paris, même si elles lui ont reproché d'être partie, du fait de son jeune âge. Livrée pratiquement à elle-même, elle a donc dû compter sur ses propres forces pour s'inventer son espace, construire sa vie.

Dans d'autres cas, on peut dire qu'heureusement l'aîné de la famille n'est pas toujours l'unique référence pour les individus. Dans sa cité de la banlieue parisienne, Miloud était le dernier d'une famille de dix enfants. Plusieurs de ses frères sont allés en prison. Lui s'en est sorti parce qu'il a toujours eu des modèles différents qui lui ont permis d'avoir des idées personnelles sur les choses et choisir librement sa voie. Miloud : « La carrière de délinquant a débuté à l'âge de treize ans, avec les bastons à coups de barres, de cutter, de marteau, etc. J'ai fait mes classes jusqu'à l'âge de seize, dix-sept ans. Après, c'est plus des mots. Après, on passe à l'action, on devient quelqu'un de dangereux... Pourquoi j'ai eu la chance de sortir de là ? Parce que j'ai déjà des grands frères qui ont fait des longues peines de prison. J'en ai un encore en prison, il a pris dix ans. Ça fait que, soit t'es bête et tu restes bête toute ta vie, soit t'as un petit cerveau avec un petit pois chiche dedans qui te permet de comprendre des trucs : si tu suis le même chemin, tu vas finir comme eux... Et puis, y a aussi le fait que j'ai eu la chance d'être le dernier d'une famille de dix enfants, j'ai donc eu des exemples avant moi. Et puis chez moi, certains ont réussi, quand même ; ils ont des bonnes places, ils ont su s'intégrer, s'insérer dans la société sans problème ; eux m'ont beaucoup aidé pour ça. C'est peut-être pour ça que j'ai un côté dans la banlieue et un côté dans le monde de la norme. »

De ce point de vue, être membre d'une famille nombreuse offre une gamme importante de possibilités pour se construire sa distance personnelle. En outre, ce dernier exemple montre clairement l'hétérogénéité des trajectoires des individus au sein d'une même famille, lorsque les parents n'ont pas été en mesure d'assurer une bonne éducation pour chacun de leurs nombreux enfants.

Enfant adulte

Changement de décor : d'une famille de dix enfants, on passe à une qui n'en compte qu'un seul, avec Mohand, chanteur et écrivain, enfant des bidonvilles de Nanterre. On trouve chez lui un cas limite de l'influence du nombre d'enfants dans la famille. En effet, avoir été un enfant seul, sans mère, avec un père toujours absent, a été déterminant dans sa prise de conscience personnelle et de ce que j'ai appelé précédemment « la distance personnelle ». Le jeune homme n'a en effet subi aucune contrainte familiale, reçu aucun des repères familiaux traditionnels. Il a été élevé par sa grand-mère en Kabylie, tandis que son père était en France. Il est arrivé en France à sept ans, directement dans un bidonville. Grandissant seul au milieu de ses copains, il est vite devenu délinquant, avant d'abandonner l'école vers quatorze ans, constatant que la chaudronnerie dans son lycée d'enseignement professionnel n'était pas sa vocation. Mohand : « Par instinct animal, je préférais vivre dans la rue. Le fait d'être l'unique enfant de la famille m'a permis d'être tranquille, dans le sens où j'avais ma propre vie à gérer, pas de questions posées par les frères et sœurs… »

Plus tard, après les séjours dans les centres de redressement, quand il s'est retrouvé en prison, il vivait comme un réconfort le fait d'être un enfant seul – il n'a plus vu ses parents à partir de dix-huit ans – tandis que ses copains éprouvaient un sentiment de culpabilité vis-à-vis des membres de leur famille qui venaient leur rendre visite au parloir. « Je me disais, au moins je ne fais de mal à personne. Personne ne me rendait visite, ne me faisait de reproches. Je vivais ça comme un luxe, n'avoir que moi-même comme souci. Ma force était d'être seul. Mes copains qui avaient de la famille ont tous connu le chantage affectif, ils mouraient de ça. Il fallait qu'ils reviennent voir les frères, la mère. Moi je n'avais pas ça. Ma mère ne me cherchait pas, et pour mon père, c'était reposant de m'oublier. Une fois il avait vu les fourgons de police arriver chez lui, me prendre et me menotter... »

Il n'oubliera jamais cette image. Lors de son interpellation par les policiers, il se souvient très bien de la réaction paniquée de son père qui, ne comprenant pas la situation, essayait de se justifier auprès des agents en jurant que depuis trente ans qu'il était en France, il n'avait jamais été un seul jour malade à son travail ! Il n'avait rien coûté à la Sécurité sociale ! Cet épisode a fortement marqué le jeune homme ; il explique que ce fut un privilège pour lui d'avoir été un enfant dont les actes personnels n'avaient pas de conséquences sur les autres membres de sa famille. Il était déresponsabilisé, déculpabilisé, ne comptant que sur lui-même. Pour lui, il n'y avait pas d'espace privé et d'espace public.

Cet état d'insouciance cessa dès la naissance de sa première fille, l'année de ses vingt ans. Il est devenu un homme dont les comportements ont des répercussions sur les autres. Responsable de ses actes. Comptable devant la société. Il me semble que cette évolution est fondamentale dans la définition du mot « citoyenneté » dont l'usage paraît si galvaudé aujourd'hui.

On retrouve la même insouciance chez Zoheir, footballeur, enseignant, passionné de politique, élevé dans une famille de six personnes, sans père.

Avec ses quatre frères, il a été très vite livré à la rue. Zoheir : « On partait d'Aubervilliers à douze, treize ans et on allait à Paris ; on ne savait pas si on allait rentrer le soir ; on volait, on n'avait pas d'argent, on rentrait gratuitement au cinéma, on volait des glaces... Et à quatorze, quinze ans, tu commences à avoir besoin d'argent... »

Pour Amor, enfant d'une famille de quatorze enfants, les relations difficiles entre le père et la mère ont été marquantes dès les premières années de sa vie. En fait, quand elle est arrivée en France, dans les années soixante, sa mère a connu de graves problèmes psychologiques dont elle ne s'est jamais remise. Amor : « J'étais un sale gosse. Je vivais dans la nature, mes parents n'étaient pas trop regardants, alors je suis devenu normalement intelligent, parce que j'ai très vite été confronté à la vie. Les grands moments que j'ai vécus, c'était avant l'âge de neuf ans. Je me rappelle toutes les conneries que j'ai faites : à cinq ou six ans, je pouvais rentrer chez moi à minuit, une heure du matin, ma mère s'en foutait. J'étais avec mon frère, on faisait les brigands dans les rues, on vendait des cacahuètes pour se faire de l'argent de poche et aller au cinéma, généralement on resquillait pour entrer. On attaquait des clochards dans les rues pour leur piquer leur litre de vin rouge. On a acquis une maturité supérieure à nos petits copains qui sont dans leur cocon, protégés par leurs parents. »

C'est le frère aîné – seize ans – qui a pris la famille en main, une fois son père reparti au pays. Cette responsabilisation précoce a décuplé son énergie pour parvenir à une réussite sociale la plus rapide possible, destinée à subvenir aux besoins de sa famille nombreuse. Il a ainsi passé deux diplômes d'ingénieur en suivant des cours du soir. Il s'en est sorti grâce à cet acharnement, tandis qu'Amor, de deux ans son cadet, s'est contenté des filières de transition du système éducatif français, à l'instar de nombreux jeunes de cette génération, et a préféré quitter le carcan familial et sa ville pour vivre ses rêves d'enfant dans une ville du sud de la France.

Dans cette famille nombreuse, deux types de trajectoires individuelles sont remarquables selon la place qu'occupent les individus dans la fratrie. L'aîné est contraint par son rang de réussir pour les autres en restant sur place, tandis que le second peut s'offrir le luxe d'une rupture pour s'émanciper ; il faut bien voir que si ce dernier gagne ainsi la possibilité de partir vivre ses rêves, comme il l'exprime, c'est parce que le premier a accepté de se soumettre au rôle de soutien de famille qui lui incombait. En tant qu'« enfant chargé de mission », il a assuré un rôle de parent. Cela ne l'a pas empêché de réussir lui aussi une belle carrière professionnelle.

DEUXIÈME CHAPITRE

TRAVERSÉES DU PÉRIPH'

Aïcha, Amor, Zoheir, Miloud, Mohand... Pourquoi ces femmes et ces hommes nous affirment-ils aujourd'hui qu'ils ont réussi à s'en sortir, malgré les difficiles conditions de vie qu'ils ont connues dans leur quartier, dans leur famille ? Qu'y a-t-il de particulier dans leur psychologie qui leur a fait trouver les ressources nécessaires pour surmonter les obstacles ?

Quand on fait leur connaissance, on constate que des traits particuliers les caractérisent : l'audace, la curiosité, la sensibilité, l'imagination...

Individus, destins

Traits de caractères

A posteriori, la sensibilité et la tolérance [16] m'apparaissent comme des traits de caractère importants des dérouilleurs. Chez les garçons, il est frappant de constater qu'une enfance marquée

16. J'y ai fait allusion à propos des pères qui respectaient les personnalités de leur fille...

par une forte présence de femmes a marqué leur personnalité, à l'instar de Sid dont la famille de sept enfants compte cinq filles ; de Hacène qui a vécu avec sa seule mère, le père étant mort très tôt ; de Mohand qui a passé son enfance dans un milieu exclusivement féminin ; et d'autres encore. À ce propos, le cas de Mohand est le plus explicite : « En partant de Kabylie à l'âge de sept ans, j'ai quitté un milieu de femmes, car jusqu'à sept ans, j'ai eu le luxe extrême d'être surtout élevé par des femmes, tantes, grand-mère : un rêve. C'est ce qui m'a donné cette sensibilité. Après l'immigration, je suis tombé dans un milieu où il n'y avait que des hommes, sept ou huit par chambres. Ça a été violent. Très vite, la présence d'hommes exclusivement m'a insupporté. Donc, il fallait que je sois dehors. »

On a le sentiment que les dérouilleurs sont en permanence à la recherche de l'autre et de l'ailleurs. Ils expriment un grand besoin d'être aimés pour nourrir l'estime de soi, se sentir appréciés, sympathiques, populaires, désirés, comme si cela les aidait à se sentir compétents dans leur domaine.

Les exemples sont nombreux qui les montrent sans inhibition, ne redoutant pas l'inconnu ou l'adversité, n'hésitant pas à s'aventurer quand il s'agit d'écrire une lettre de motivation, passer un coup de téléphone, se présenter à une offre d'emploi, à une audition, proposer des changements dans une organisation ou faire rire les autres… Les trois composantes de l'estime de soi, telles qu'elles sont généralement analysées par les psychothérapeutes, entretiennent des liens d'interdépendance : *l'amour de soi* (se respecter quoi qu'il advienne, écouter ses besoins et ses aspirations) alimente une *vision positive de soi* (croire en ses capacités, se projeter dans l'avenir) qui, à son tour, influence favorablement la *confiance en soi* (agir sans crainte excessive de l'échec et du jugement d'autrui)[17]. Ces ingrédients fondent les forces de résistance que ces dérouilleurs ont dû actionner pour dépasser les conditions sociales difficiles qui constituaient leur capital de départ. On se souvient que Faema a quitté sa famille et son quartier à l'âge de quinze ans et demi, excédée par la violence paternelle qu'elle subissait, et qu'elle s'est retrouvée livrée à elle-même au milieu des adultes dans un monde totalement étranger ; il lui a fallu surmonter toutes ses angoisses. En fait, la plupart des dérouilleurs, comme elle, une fois qu'ils ont décidé de rompre avec leur milieu d'origine, se sont retrouvés dos au mur. Ils ne pouvaient plus revenir en arrière. Ils se souviennent des difficultés psychologiques infligées par les premiers moments d'isolement, de solitude. Par la suite, ces expériences de ruptures douloureuses vécues dans l'adolescence ont contribué à blinder leur carapace contre les conflits. Aïcha raconte comment elle a dû surmonter ses souffrances quand, enfant, ses parents se déchiraient devant elle et ses frères et sœurs. Elle a même été enlevée et séquestrée par son père. Elle avait fini par intérioriser le malheur, comme moyen de défense. Aïcha : « On a vécu avec cette souffrance comme si c'était quelque chose de naturel pour nous. »

17. Christophe André et François Lelord, *L'Estime de soi. S'aimer pour mieux vivre avec les autres*, Odile Jacob, 1999 (pp.14-20).

Passion et insouciance

La passion et l'insouciance sont aussi des traits marquants de leurs personnalités. Elles provoquent des comportements audacieux de prise de risque. Ceux des garçons qui ont entrepris des carrières professionnelles de football, par exemple, ont tout abandonné à l'âge de quinze ans pour s'y consacrer entièrement ; un autre a investi tout son argent personnel, plusieurs dizaines de milliers de francs, en faveur des jeunes des banlieues... Généralement, les dérouilleurs aiment réussir et la réussite confirme la bonne image qu'ils ont d'eux-mêmes. Ils se posent peu de questions sur le fait d'être ou non à la hauteur dans des situations données. Stimulés par de fortes motivations et attirés par de nouvelles expériences, ils cherchent toujours à repousser leurs limites. Ces qualités ont pour conséquence directe une rapide autonomisation.

Enfin, un facteur intéressant mérite d'être relevé, facteur qui n'est sans doute pas sans rapport avec la féminité que j'évoquais précédemment à propos des garçons. On retrouve souvent la passion de la musique chez les dérouilleurs, l'opéra chez Aïcha, les chansons de Jacques Brel ou Georges Brassens et Léo Ferré chez les garçons, le jazz, les textes littéraires classiques ou les répliques de célèbres acteurs du cinéma français chez Hacène... Comme si ces passions étaient déjà des occasions de se mettre à distance de soi-même et d'expérimenter le dépassement de ses propres aires culturelles. En bref, de se mettre en scène par rapport aux autres, un public par exemple, et de faire l'expérience du trac et de la jubilation.

Curiosité

La curiosité est à associer à la notion de risque, de voyage, de mobilité. Zoheir, adolescent dans les années soixante-dix, voulait comprendre pourquoi les sportifs russes n'avaient pas le droit de sortir librement de leur pays alors qu'il habitait dans une municipalité communiste de la banlieue parisienne. Zohra, dans le quartier de Marseille où elle a grandi, « faisait beaucoup de lectures politiques », comme elle le précise, et en particulier des livres d'Histoire, compte-tenu de ses origines. En extrapolant, elle considère que tous les enfants d'immigrés sont par nature sensibles à l'Histoire du fait de leur recherche permanente de racines, d'identité. Elle, entre quatorze et vingt-huit ans, ne savait pas qui elle était ; elle explique qu'elle se posait beaucoup de questions. On peut admettre avec elle que l'attrait pour l'Histoire n'est pas déconnecté d'une recherche identitaire, car la plupart des entretiens avec les dérouilleurs montrent des individus qui se cherchent, posent des questions au monde qui les entoure, et pour lesquels les ruptures constituent un défi.

Associé à la curiosité, est-ce un hasard si on trouve souvent chez eux le goût de la lecture, en tant que première occasion d'évasion, d'échappement en solitaire, de rêve ?

Esprit nomade et hospitalité

L'esprit nomade renvoie à l'impression de liberté que le dérouilleur éprouve en refusant de s'enraciner soit durablement dans un milieu social, soit dans un même lieu trop longtemps. Brahim : « Je suis quelqu'un de "rupture", donc je ne vois pas beaucoup mes anciens amis de quartier, de la même manière que je ne vois plus mes amis de lycée. Et peut-être, dans dix ans, je ne verrai plus beaucoup mes amis de militantisme. Peut-être que justement je me sens beaucoup plus à l'aise dans une certaine relation éphémère qui convient à mon environnement. C'est-à-dire que je vis pleinement mes relations avec les gens, mais je me fous de revoir les gens que j'ai connus il y a quinze ans. Je suis quelqu'un d'autre. Et dans quinze ans, je serai quelqu'un d'autre, je l'assume, et j'essaie d'assumer ce caractère éphémère. Voilà la trajectoire que j'ai prise. »

Enfin, l'hospitalité remarquable[18] des personnes qui nous ont accueillis dans le cadre de cette enquête est une valeur à rapprocher des notions de frontière et de ponts, franchis ou construits : « Parce que la frontière est toujours traversée d'un pont, parce qu'elle est toujours la frontière que se donne la liberté, les hommes se trouvent toujours dans l'obligation à l'hospitalité, à l'accueil de l'altérité… la liberté qui se donne des frontières est celle même qui doit les outrepasser. Alors celui qui accueille et celui qui est accueilli deviennent des hôtes : le même mot sert à désigner l'un et l'autre, indiquant par là que l'hospitalité est inhérente et essentielle à l'acte de vivre humainement. »[19]

---

18. Pour retrouver l'expression de cette notion d'hospitalité, il est bon de relire le beau livre de François Maspero, *Les Passagers du Roissy-Express*, Seuil, 1990.
19. Yves Catin, « L'homme passeur de frontières », *in Le franchissement des frontières. Naissance d'identités nouvelles* ?, *Consilium*, revue internationale de théologie, Beauchesne Éditeur, 1999 (p. 27).

**Mixité sociale :
premières incursions chez les indigènes**

La première expérience *d'éloignement* par rapport aux siens et à son territoire est une amorce importante dans le cycle de la réussite sociale. Souvent, encore enfants ou adolescents, les dérouilleurs ont dû partir et vivre des ruptures d'une durée plus ou moins longue qui ont structurellement influencé leur rapport à l'ailleurs et aux autres.

Au collège, au lycée

Tel est le cas de ceux qui ont été amenés à fréquenter un établissement scolaire éloigné de leur quartier et qui, grâce à cette première occasion de distanciation, ont croisé la diversité, la mixité, et ont été confrontés à des jeunes issus d'un autre milieu social avec qui ils ont noué des relations d'amitié durables. Ainsi, dans la région lilloise, Amor, placé très tôt dans un pensionnat en Belgique, mesure aujourd'hui le bénéfice de cet éloignement dans la suite de sa vie, au point qu'il situe là son véritable essor dans le travail scolaire. Amor : « Vers l'âge de neuf ans, pour nous protéger des problèmes de la guerre d'Algérie qui se déroulait en France, mon père nous a placés dans un pensionnat en Belgique, à trente kilomètres d'ici. On a été élevés par les sœurs. On ne payait pas, tellement on était pauvres. J'ai appris beaucoup de choses. La première année, j'ai redoublé, mais l'année d'après j'étais toujours le premier de la classe. Mon démarrage scolaire s'est produit là. Si je n'avais pas été dans ce pensionnat, je pense que j'aurais mal fini… »

Cet éloignement n'allait pas sans souffrance psychologique pour ce garçon membre d'une fratrie de

x Rupture pour dérouilleurs, // rupture séjour pour ados : recul, ressource…

dix. « J'en souffrais. À l'époque, mon père était tellement pauvre qu'il ne venait pas me voir en pension parce que le voyage coûtait trop cher... » Amor rentrait donc chez lui seulement pendant les vacances scolaires. Lorsqu'il fait le bilan de cette scolarité loin de ses racines, il regrette d'y avoir laissé une partie de son noyau identitaire et en particulier la langue de ses parents, à la différence de son frère aîné resté à la maison, imprégné de la culture d'origine. Aujourd'hui, il ressent cet éloignement comme une perte : « Ça m'a totalement coupé de mon milieu familial. J'ai gagné beaucoup, mais j'ai perdu beaucoup aussi ; par exemple, je regrette aujourd'hui de ne pas savoir parler kabyle, alors que mon frère aîné le parle couramment. C'est une grande perte pour moi, que j'ai essayé de rattraper il y a une dizaine d'années, pendant un an. Cela explique pourquoi aujourd'hui je me sens engagé dans la cause maghrébine, parce que j'ai vécu des frustrations. J'ai été coupé de mes racines. » L'éloignement fait perdre mais il fait aussi gagner. Le déracinement provoquant les rencontres et les ouvertures dans le milieu d'accueil, c'est dans cet établissement scolaire belge qu'Amor a fait la connaissance d'un professeur qu'il a rejoint quelques années plus tard à Monaco, lors de sa première grande escapade, à dix-huit ans. Dans cette histoire, on voit comment la fréquentation d'un établissement scolaire éloigné de chez lui a familiarisé l'individu avec les vicissitudes de la rupture et créé d'une manière plus large l'obligation de rencontre avec les autres... différents.

En réalité, nombre de trajectoires de réussite sociale chez les dérouilleurs prennent leur source dans les premières expériences de changement datant du collège. Tahar habite aujourd'hui à Drancy dans la banlieue parisienne, il est travailleur indépendant. Lorsqu'il habitait la ZUP de Vaulx-en-Velin, il était inscrit au collège du quartier attenant à son immeuble mais un ami de son père a conseillé de l'envoyer dans un établissement de Villeurbanne pour le soustraire à l'environnement de Vaulx-en-Velin. Abandonnant tous ses amis du collège voisin, il a dû se résoudre à s'inscrire à Villeurbanne, commune limitrophe. Mais progressivement, il s'est accoutumé à prendre le bus et à changer de décor pour se rendre au collège et finalement à rencontrer d'autres gens. Passé un temps d'adaptation, il s'est même mis à retrouver ses nouveaux amis de Villeurbanne le week-end, qu'il trouvait en fin de compte plus « sages » que ceux de Vaulx-en-Velin[20]. Cette obligation faite à Tahar de changer de lieu chaque jour pour se rendre au collège lui a été salutaire : il a découvert d'autres horizons, même si la distance géographique qui sépare les deux communes est insignifiante. Le seul fait de bouger fait évoluer les regards sur les paysages et les gens.

Sid, lui, a changé d'établissement pour une autre raison que Tahar. Il avait en effet choisi d'étudier l'arabe en seconde langue au lycée et s'est inscrit pour cela dans un établissement du centre de Lyon, alors qu'il habitait un quartier sensible de l'Est lyonnais. Il est devenu lui aussi un

20. Ici, le sous-entendu évoque le climat de violence qui régnait à cette époque dans les quartiers de cette commune périphérique de Lyon, célèbre pour ses émeutes urbaines de 1990.

usager des transports en commun. Ce changement « a fait une sacrée différence », comme il l'exprime. Le nouvel établissement était « un lycée près de la rue de la République au centre de Lyon, un milieu des plus huppés de Lyon. Il y a deux solutions dans ces cas-là : soit ça déstabilise, soit ça ouvre l'esprit. C'est plutôt ce qui s'est passé pour moi. J'ai toujours eu de très bons résultats... » L'une des conséquences majeures de cette mobilité est bien résumée par cette phrase : « Peu à peu, j'ai compris que ces gens étaient différents, mais que moi aussi j'étais différent... » Cette mise en perspective de soi par rapport aux autres lui a permis de prendre conscience de la différence des autres, qui n'avaient pas le même langage, n'habitaient pas au même endroit que lui et ne pensaient pas comme lui, n'utilisaient pas les espaces publics de la même façon... Et finalement, comme les autres, il a fini par trouver son équilibre dans ce nouvel environnement, une fois les craintes et les angoisses évacuées.

Certes, les exemples que je cite sont ceux de jeunes issus de l'immigration maghrébine, mais au-delà c'est le changement de milieu social qui modifie la personnalité de l'individu lorsqu'il change de collège ou de lycée. Ainsi, on trouve dans les propos de Bernard, issu d'un quartier lyonnais, des réflexions identiques à celles de Tahar ou de Sid. En 1983, après un passage rapide dans un lycée agricole, il est envoyé en première littéraire dans un lycée du centre ville et réussit son bac. C'est le début d'une nouvelle phase de vie. Lui qui se destinait à devenir cheminot comme son père, fréquente au lycée des jeunes d'un milieu plus aisé, qui lui ouvrent les yeux sur des réalités différentes de celles de sa cité. Il affirme aujourd'hui que c'est grâce à ces confrontations qu'il s'est engagé dans l'animation culturelle auprès des jeunes en difficulté.

Pour ceux qui ont effectué une bonne scolarité dans les deuxième ou troisième cycles, le déplacement vers un établissement extérieur à la cité a été un déclic favorisant l'ouverture d'esprit et la découverte de l'autre monde où finalement on devient « l'étranger » parce qu'il y a peu, voire aucun semblable autour de soi. Brahim : « Ce qui m'a amené à me mettre dans cette situation, c'est mon arrivée au lycée en 83. Je suis dans un lycée plutôt bourgeois puisque les circonstances ont voulu que je me trouve au lycée à Neuilly. La différence de classe sociale, de culture est très forte. Surtout, dans mon souvenir, j'étais quasiment le seul beur du lycée. Il y avait un ou deux enfants d'ambassadeurs, genre pays arabes, dans le bahut, mais j'étais le seul beur. Dans mon quartier, nous faisions quasiment partie des premières générations qui allaient jusqu'au bac. » Il y avait à cette époque une *rente de situation de minoritaire* dans la classe. Du fait de leur rareté, les élèves d'origine immigrée des cités pouvaient être considérés avec une attention particulière, voire bienveillante, de la part des enseignants notamment. D'autres témoignages rapportent la singularité de cette situation et les avantages qu'elle a pu octroyer à l'individu.

Les expériences de sortie faites entre treize et dix-huit ans par les dérouilleurs ont favorisé chez eux le développement d'identités tournées vers la recherche du changement, la rencontre avec les autres ; elles ont été l'occasion de nouveaux regards sur soi et sur les autres.

Pendant les vacances

L'école n'a pas été la seule à offrir des occasions de mixité aux jeunes des quartiers dans les années soixante-dix et quatre-vingt. Le temps des vacances est aussi un moment de grande disponibilité et un moment particulièrement marquant dans la construction de l'identité des dérouilleurs. Il est souvent l'occasion d'un retour au pays d'origine avec les parents, retour aux racines, mais quelquefois aussi de voyages dans d'autres lieux, qui permettent un déplacement du centre de gravité culturel et une nouvelle expérience de distance personnelle. Akim, qui a aujourd'hui trente-trois ans, a grandi dans un quartier de la région parisienne ; issu d'une famille de sept frères et sœurs, il a passé un bac professionnel dans sa jeunesse. Il a eu la chance de ne pas avoir succombé aux pièges de la délinquance grâce à son père qui a toujours été présent dans son éducation, mais également grâce à des occasions de respiration qui lui étaient offertes dans son enfance durant les grandes vacances. Avec l'aide de la Croix-Rouge, il partait l'été en Suisse dans une famille d'accueil. Pour lui, ces sorties du monde du ghetto et de la cité lui ont « donné deux versions des choses : une version brute de décoffrage, la cité, et la version normale des choses. On voyait vraiment un autre style de vie, une autre manière d'être, d'autres paysages, un autre langage. Ça nous a permis de voir la réussite d'autres gens, d'autres systèmes de vie. C'était un milieu bourgeois : des médecins, des psychiatres, des gens propriétaires d'un immeuble. C'étaient des gens choisis, aisés, parce qu'on ne donne pas des enfants à des gens qui ont des problèmes. La

Suisse, c'était la rupture. On pleurait, on ne voulait pas y aller, on voyait les copains qui partaient en colonie de vacances et puis après, le retour à la réalité était encore pire. Ça nous a permis d'avoir certaines règles, y compris d'hygiène. Dans une famille nombreuse, tu partages tout. Dans ce système, on s'occupait vraiment de nous d'un point de vue individuel, on ne parlait plus au groupe, on parlait à chaque individu. Ça nous a fixé des règles et des projets. On voulait vivre comme ça, nous, mais il fallait de l'argent et travailler. On a rêvé sur des trucs comme ça. Ça nous a permis de sortir du milieu de la cité, de voir qu'il y avait autre chose, c'était très important pour moi. »

Dans ce riche témoignage, on voit bien comment, grâce à ce déplacement estival dans un monde (un « système », un « milieu ») inconnu, en compagnie de gens différents, les dérouilleurs ont pu découvrir les traits de leur individualité, alors qu'ils ont toujours vécu dans un milieu régi par les intérêts du groupe. La rupture avec les habitudes et les siens n'est pas facile, mais une fois réalisée, elle donne à l'individu *le goût des autres*, pour reprendre là encore le titre d'un film récent. Après ses séjours en Suisse, Akim a de quoi rêver sur d'autres fondements que ceux de sa cité. Ses visions du monde se sont sérieusement élargies.

Avec les bonnes sœurs

On a déjà rencontré des traces de cette relation avec « les bonnes sœurs » dans l'histoire d'Amor à Lille. Dans d'autres exemples, on retrouve des représentants de l'église catholique assurant la liaison entre les familles pauvres des quartiers souvent d'origine musulmane et le monde extérieur.

"Hadj"

Ali : « Je travaillais à l'école parce que mon père faisait partie des gens pris en main par des gens de l'Église. Et moi, comme l'éducateur du quartier était un curé j'allais au catéchisme, mais juste pour être avec les copains et parce que l'après-midi on regardait des dessins animés, avec le père Maurice. J'ai donc grandi dans une espèce de calme. Pour mon père qui avait choisi d'apprendre le français, mademoiselle Balland, une sœur, venait à la maison. Pourtant c'était un hadj [21] mais il a rapidement compris l'importance de l'école. Alors j'ai subi une pression terrible. » Ici, ce n'est pas l'individu qui va dans le monde extérieur mais le monde extérieur qui vient chez lui et suscite des activités nouvelles – séances de dessins animés, apprentissage du français. Des ponts sont jetés entre les deux univers culturels. À chaque fois, c'est une richesse de plus, une mise en perspective pour les enfants. Ainsi, grâce aux cours prodigués par la bonne sœur, le père d'Ali découvre l'importance de l'école et peut, de ce fait, exercer une pression sur ses enfants pour les stimuler. En faisant lui-même l'effort, il montre l'exemple à suivre.

1983. La marche des Beurs

Autre sortie du monde privé du ghetto pour entrer dans l'espace public de la société. On retrouve souvent l'année 1983 citée dans les histoires de vie des dérouilleurs [22]. Ce n'est pas par

21. C'est-à-dire qu'il avait déjà effectué son pèlerinage à La Mecque.

22. Ahmed Boubekeur et Abdallah Mogniss H., *Douce France. La Saga du mouvement Beur. 1983-1993*, *Quo Vadis*, revue de l'agence IM'média, numéro spécial, automne-hiver 1993.

hasard. Pour ceux qui ont grandi dans les ZUP et qui ont aujourd'hui la quarantaine, l'année 1983 est restée celle de la Marche des Beurs, le mouvement déclenché dans la région lyonnaise suite à des grèves de la faim destinées à mettre un terme aux expulsions vers le Maghreb de jeunes d'origine maghrébine nés en France [23]. Les dérouilleurs avaient à cette période entre vingt et vingt-cinq ans. Pour beaucoup, ce mouvement national de manifestation, de revendication d'égalité, de fraternité, de tolérance, a été l'occasion des premières participations à des actions collectives dans le monde extérieur à la cité. En tant qu'expérience initiatique, il a fortement marqué les identités. Brahim : « Il y a eu 81, la victoire de la gauche. Et puis en 83, il y a eu la marche des Beurs : c'était la première manif que je faisais dans ma vie. Et je décide d'y participer. À Levallois, des débats étaient organisés. Puis dans la grande manif. Et c'est là que l'envie de faire quelque chose va naître en moi. »

Participer à une manifestation nationale dans les rues de Paris a été pour ce responsable d'association le temps du basculement de l'appartenance à une *bande* de Levallois-Perret, en tant que jeune de quartier, à l'appartenance à la *société* française, en tant que Beur, c'est-à-dire membre d'une minorité discriminée en quête de reconnaissance nationale.

À chaque fois, on constate que l'expérience de soi dans l'« autre monde » déclenche des sensations nouvelles. Après coup, quand le dérouilleur a franchi le pont, surmonté ses angoisses, il mesure

23. Bouzid, *La Marche*, Sindbad, 1984. Christian Delorme, *Par amour et par colère*, Centurion, 1986.

mieux l'enfermement où il se trouvait auparavant, enfermement fondé sur des images caricaturales de l'ailleurs et des Autres qui l'habitent. L'habitude de ne vivre qu'entre semblables, sur des codes défensifs, conduit à rejeter ce qui diffère du mode de fonctionnement du groupe. Mounir, ex-habitant de la banlieue stéphanoise : « Je n'appréciais pas trop de me mélanger. Je ne connaissais pas les autres. Il y avait nous et les autres. Franchement, c'était un peu ça. Maintenant je ne le fais plus, mais avec du recul, je le voyais comme ça. Il y avait nous et les autres. Les autres, c'étaient tous les autres. Nous, c'était le quartier, enfin le quartier d'Arabes. C'est un peu con à dire mais c'est vrai. On n'était pas ouverts sur le reste. Donc, moi j'ai fait une sixième, une cinquième, jusqu'en troisième ; ensuite brevet d'enseignement professionnel. J'ai fait une première année puis mon BEP maintenance. Puis j'ai commencé un bac pro. Mais comme j'avais encore un petit peu cette mentalité de ne pas vouloir me mélanger et que j'ai eu des problèmes avec la prof dès la rentrée, j'ai démissionné et je me suis inscrit en formation. J'ai des regrets, oui, au niveau des choix que j'ai faits. En fait, ce que je vais regretter le plus c'est le bac. Je pense que j'avais toutes les qualités pour le décrocher le bac et bosser dans la vente, peut-être, parce qu'on en avait des cours de vente et que moi, j'étais un tueur dans la vente. »

Dans l'enceinte du quartier, le mode de fonctionnement de la bande se fonde sur la paranoïa. On construit puis on nourrit le sentiment que le monde extérieur est hostile, que les enseignants, les policiers, les pompiers, les contrôleurs... – et par extrapolation tout porteur d'uniforme – en sont les représentants officiels. Au sein du groupe,

environnement malsain, ne plus subir l'influence de ses copains. Pour s'en sortir. Après une semaine de prostration devant la télévision, quand il est ressorti de chez lui, ses copains lui ont proposé le même scénario, il a refusé. Il avait bien basculé dans un autre monde. Un déclic. Certes, plus tard, il a commis d'autres méfaits qui l'ont conduit en prison, mais il reconnaît que c'est ce moment précis de réaction contre la drogue qui a marqué sa trajectoire de vie. Quelque temps après sa prostration, il est parti ailleurs, à Montpellier. Tahar : « Moi, pour pouvoir me barrer, je m'en souviendrai toute ma vie. Avant de partir à Montpellier, je m'étais enfermé chez moi sept jours de suite. Ma mère me suppliait de manger, me donnait des sous pour acheter des cigarettes. Je ne voulais rien. Rien. Je m'en voulais de dépendre de mes parents. D'abord, il n'y avait pas d'argent à la maison, c'était à moi d'aider ma famille, pas le contraire. Et mes frères et sœurs, moins âgés que moi, tout leur a toujours été donné sur un plateau. Moi, j'ai compris la situation au bon moment. Il faut travailler, travailler. Maintenant, quand tu veux, c'est facile de trouver du travail. »

Sa prise de conscience pose la question de sa place au sein de sa famille et du rôle qui doit être normalement le sien, à savoir un pourvoyeur de ressources et non un parasite.

La dérive des copains

J'illustrerai cette troisième catégorie d'événements par l'histoire de Kamal, trente-six ans, originaire d'un quartier sensible de la Loire. Il vit maintenant dans une ville du sud de la France où il est gérant d'un magasin de chaussures. Pour lui, le déclic qui l'a fait partir s'est produit en deux phases consécutives. D'abord, l'incarcération en maison d'arrêt de l'un de ses meilleurs amis avec qui il faisait du « business » dans la cité. Cet ami proche a purgé deux ans pour trafic de drogue mais à sa sortie il était complètement transformé psychologiquement. Kamal a été stupéfait par cette transformation. C'est à ce moment qu'il a pris la décision d'en faire autant. Kamal : « Quand il est sorti, il avait complètement changé : il ne buvait plus, il ne fumait plus, il ne voulait plus entendre parler de magouilles, de boîtes de nuit, il était devenu quelqu'un d'autre. Tu le voyais le lundi matin avec sa mère au marché, il était quelqu'un d'autre… Alors moi je commençais à me dire que si lui était bien, moi aussi je pouvais changer. C'est pas que je trouvais ma situation mauvaise. Je réfléchissais pas trop à ça à l'époque, mais à force de parler avec lui, j'ai compris que je n'avais pas trop d'avenir ici si je continuais mes conneries. Cela s'est passé à la même époque que le travail à Cannes, alors tout s'est emboîté. J'ai cogité et je me suis dis que je devais partir. Et je crois que c'est la meilleure décision que j'aie jamais prise… »

Pour Kamal, ce choix nécessitait de prendre ses distances vis-à-vis du quartier et surtout de ses créanciers, car il devait de l'argent à des trafiquants de drogue. Sa voie s'est ouverte avec une offre d'emploi à Cannes où l'on recherchait un vendeur spécialisé dans les articles de sport. De formation commerciale, avec plusieurs stages à son actif, il s'est décidé à postuler. Quelques jours plus tard, il était contacté pour un entretien, et finalement signait un CDI.

Pour lui, l'embauche a concrétisé sa rupture et son nouveau départ dans la vie. Dans l'exemple qui suit, c'est un incident et l'amour du football qui ont joué un rôle déclencheur. À l'âge de sept ou huit ans, Zoheir était déjà passionné de football dans sa cité d'Aubervilliers, et cette ferveur l'a sauvé. Contrairement à ses meilleurs amis d'enfance, il n'est jamais allé en prison. Un jour, avec sa bande, il est parti à Paris pour « faire des portefeuilles dans le métro ». Mais comme il n'était pas très courageux pour ce genre d'activités, au milieu de l'après-midi il a pris congé de la bande, prétextant qu'il devait se rendre à son entraînement de foot. Hélas pour eux et heureusement pour lui, ce jour-là tous ses amis se sont fait prendre par la police en flagrant délit. Cet événement l'a marqué pour toujours. Il avait échappé à la prison, lui pour qui la liberté représentait une valeur intuitive fondamentale. Plus tard, il a fait carrière en politique.

Rencontre d'une compagne

Lorsqu'il vivait dans sa cité, Samir souffrait de ne pas avoir de projet fixe susceptible de canaliser son temps et son énergie. « Je n'ai jamais eu un vrai projet qui tienne la route, me faisant dire c'est ce que je veux faire et pas autre chose… », et ce vide explique ses errements dans le système éducatif et professionnel. Comme beaucoup d'autres dans cette situation, il a longuement travaillé au jour le jour pour des agences d'intérim, alternant avec des périodes de chômage. Il se souvient de cette époque où il n'avait pas une bonne image de lui-même, passant d'une situation transitoire à une autre, sans ligne de conduite, sans cohérence, magouillant de temps en temps dans le recel de produits volés, tentant parfois des incursions dans le travail salarié. Jusqu'au moment où cette instabilité, qui était aussi un temps de recherche de repères, est arrivée à son terme. Un nouveau cycle de vie s'impose à l'issue du précédent. Samir : « J'ai chômé et j'ai glandé beaucoup. Je ne faisais rien, je sortais le matin, vers midi plutôt, j'allais prendre un café au bar du coin, après je rentrais manger, puis je ressortais pour rien, mais vraiment pour rien. J'ai fait ça pendant des années quand même. J'ai fait ça jusqu'au RMI. Après l'avoir obtenu j'ai travaillé un peu au noir par-ci par-là, dans le bâtiment, l'électricité, je magouillais aussi... Tu vois de quoi je parle. Je magouillais de tout. Je te passe les détails. Je touchais à tout. À tout sauf à la came. Attention, ça c'était pas notre truc, on respecte trop la vie, on touche pas à ce truc-là, nous. J'ai fait des trucs comme ça... Ensuite j'ai travaillé pendant un an à Casino comme préparateur de commandes, mais j'ai laissé tomber. Pourtant c'était un contrat à durée indéterminée. Je ne sais plus pourquoi : les horaires, le patron, ce sale raciste... Voilà. J'ai fait plein de choses et après j'ai commencé à me poser des questions sur mon avenir... »

Sa prise de conscience le pousse à un moment précis à s'interroger sérieusement sur le temps, l'avenir et le sens de ses actes. À force de vivre douloureusement les vides, il aspire à remplir sa vie. Dans ce portrait, il faut ajouter que le changement de cap de la vie s'est conjugué et accéléré grâce à la rencontre d'une compagne. Comme pour la naissance d'un enfant, la formation d'un couple inscrit le dérouilleur dans la durée et non plus dans l'urgence de l'instant. Il n'est plus seul. Il est poussé à prendre des décisions réfléchies, à anticiper leurs effets, et cela se matérialise par la recherche d'un travail stable. Cette normalisation sociale exige de quitter la cité où le dérouilleur se sent désormais asphyxié. Samir : « Je sortais à cette époque avec mon amie et on commençait à se dire que c'était du sérieux et que peut-être on pourrait s'installer, mais pour ça, il fallait un boulot. À côté de ça, je commençais à en avoir marre du quartier, je ne pouvais plus respirer, je sentais que je devais partir : c'était une question de survie, pour moi et même pour ceux qui m'entouraient, parce que je commençais à trop sortir le soir, à magouiller, à jouer… Et moi, je savais que ça finirait mal un jour ou l'autre. J'ai jamais fait de prison mais à chaque fois, c'était juste. Et à chaque fois tu te demandes si le fourgon il sera pas pour toi. Tu n'as que des choses à te reprocher dans ces vies-là. Alors je me suis mis à écrire plein de lettres de motivations. Je postulais partout, même à Lyon, Grenoble, des villes à côté, pour essayer de sortir de ce cercle vicieux. Et j'ai eu la chance d'être retenu pour un poste de livreur à Lyon. C'est comme ça que j'en suis là aujourd'hui. » Tout à coup, l'environnement dans lequel le dérouilleur a vécu jusque-là ne lui paraît plus conforme à ce qu'il recherche ; il sent qu'il doit se mouvoir, bouger. On retrouve ce basculement dans beaucoup d'autres cas et souvent, le passage de frontière s'opère *via* la rencontre d'un partenaire qui, pour les garçons, est la plupart du temps d'origine française.

Pour les femmes, le travail comme légitimation

Pour les jeunes filles des quartiers, c'est souvent une incompréhension chronique avec le père qui se trouve à l'origine de la détérioration des liens avec les proches. Elles quittent le quartier lorsqu'elles ont trouvé un travail à l'extérieur : elles ont alors la possibilité de légitimer leur autonomie sociale. Quant aux parents, soumis à la pression de la rumeur de voisinage, leur honneur est sauf. Il leur est en effet commode de justifier le départ de leur fille du domicile familial et du quartier par des impératifs professionnels.

Passeurs, passages

Une fois que les dérouilleurs ont pris conscience de la nécessité de s'en sortir, il leur reste la difficile tâche de faire le pas, de se bouger. Ce chapitre propose d'examiner les circonstances qui les ont conduits à se métamorphoser, la façon dont ils se sont reconstruits dans leur nouveau monde ainsi que les divers ajustements requis par ce changement. Les quelques résumés biographiques présentés ici tentent de faire émerger les facteurs les plus significatifs dans la trajectoire de ces individus.

Samir, la confiance en soi.

Dans le cas de Samir, c'est une histoire d'amour. Sa compagne arrive dans sa vie au bon moment pour l'aider à passer le gué, la frontière. Pour lui, l'enjeu et la difficulté consistent à quitter un milieu dominé par l'omniprésence des copains pour vivre dans un autre exclusivement régi par l'intimité du couple. En fait c'est comme si, en tant que personne, il faisait connaissance de ses limites intérieures, de son individualité. Samir : « Quand je suis parti de la cité, je savais que c'était pour un boulot. Je venais de connaître ma copine avec qui je vis aujourd'hui et je commençais ma carrière en tant que livreur. Je me suis barré au bon moment, juste au moment où ça commençait à être chaud pour moi, parce que je commençais à tourner en rond, à rien foutre, à traîner avec les mecs qui tournent en prison, qui ressortent et qui rentrent pour l'hiver. Alors je me suis pris en main. J'avais ce boulot à Lyon qui me tendait les bras. J'ai fait des allers-retours pendant deux mois, et une fois que j'ai eu un CDI, je suis resté dans cette ville. Et je ne le regrette pas, parce que le centre commercial Centre 2 de Saint-Étienne, j'ai trop donné. Marre de tourner en rond autour de rien. Franchement, je pense qu'entre moi il y a cinq ou six ans et moi maintenant, c'est complètement différent parce que *j'ai pris de la graine*. Contrairement à ces gens-là qui traînent dans les quartiers, j'ai pris énormément. Je veux dire par là, et je ne le cache pas, que j'ai laissé sur le côté de la route beaucoup de choses de moi. Ces trucs, si je ne les avais pas perdus, ce sont eux qui m'auraient perdu. J'ai su évoluer, pas parfaitement je le sais bien, mais ça va maintenant, je suis sain de corps et d'esprit. Quand je me couche, je n'ai rien à me reprocher, pas de vols, pas de coups, rien de tout ce qui fait que ta vie casse un jour ou l'autre. Moi aujourd'hui je suis tranquille, j'ai une vie de Français moyen. Même si jamais de ma vie je serai un Français moyen… »

Stabilité affective, professionnelle, structuration psychologique apportée par la compagne, confiance en soi… tels sont les mots clés qui caractérisent la route de Samir.

Zoheir, la passion du foot.

Si un jour, Zoheir, enfant d'Aubervilliers, est devenu conseiller régional, c'est d'abord parce qu'il n'a pu faire une carrière professionnelle dans le football[24]. Ensuite, il a bénéficié d'une série de rencontres, alors qu'il habitait dans sa cité HLM, rencontres qui lui ont ouvert un autre destin. Au début des années quatre-vingt, l'accession du parti socialiste au pouvoir, l'émergence de SOS Racisme, de multiples autres associations, dont France Plus, et la Marche des Beurs ont été déterminants dans la prise de conscience collective des jeunes des banlieues. Dans les histoires des dérouilleurs, on retrouve d'ailleurs souvent des références au mouvement des années soixante des Noirs américains pour les droits civiques, de Martin Luther King Jr. au leader musulman Malcolm X et au groupe des Black Panthers. En France, cette période intense de revendications collectives a fait naître des vocations politiques, en particulier chez les individus qui n'avaient pas de statut socioprofessionnel clairement établi et qui ont trouvé là un tremplin pour servir une cause et se raccrocher à une identité communautaire[25]. Ainsi, en 1983 Zoheir avait vingt-cinq ans et essayait d'obtenir un certificat pour être enseignant en technologie, histoire de faire quelque chose, lui qui avait tout abandonné pour le football. Il est élu conseiller municipal sur la liste du maire de sa commune après avoir été approché par un ami, même s'il affirme que sa vocation lui est venue après une prise de

24. Tout comme Salim, conseiller ministériel…

25. Adil Jazouli, *L'Action collective des jeunes d'origine maghrébine*, L'Harmattan, 1987 ou *Les Années banlieues*, Le Seuil, 1992.

conscience politique. En 1986, il réussit le concours de professeur en technologie et suit une formation de trois années. Il a alors quitté sa cité de banlieue pour habiter Paris avec sa compagne. C'est elle qui l'a poussé à suivre cette formation dans le Val-d'Oise alors qu'il est simultanément footballeur semi-professionnel dans une équipe parisienne. En 1988-1989, il est conseiller municipal, et le grand déclic se produit lors d'un débat à Aubervilliers. Il entre en contact avec un conseiller politique du chef de file d'un parti écologique. Zoheir : « Il m'a demandé si ça m'intéressait l'écologie et j'ai foncé avec eux. » Aux élections régionales de 1992, il est désigné tête de liste de ce groupe politique. Élu avec 10 % des voix. C'est le leader de son parti qui l'a imposé en tête de liste, contre tous les prétendants. La question de la confiance est encore au cœur de sa trajectoire.

Faema, l'audace d'y aller

Quand elle a quitté sa ZUP de la région lyonnaise à l'âge de quinze ans et demi, Faema s'est rendue à Paris où durant deux ans et demi, le temps d'atteindre la majorité, elle a vécu avec des amis, dans l'angoisse permanente des contrôles de police et d'un renvoi chez ses parents où elle risquait de graves conflits avec son père. Au cours de l'entretien, elle dit d'abord que la fugue était angoissante, avant de se raviser et de reconnaître qu'au fond, elle était « complètement dans l'insouciance, la liberté ». Elle n'avait pas peur. À Paris, elle se fait rapidement des amis. Elle a à peine seize ans, mais elle est grande pour son âge. Faema : « À cette époque, le quartier branché, c'était les Halles. J'avais rencontré une fille, c'était la reine des punks. Elle travaillait dans la boîte Le Palace, alors j'y allais tous les soirs. Je rencontrais plein de gens de mon âge, quinze ans, on était des mômes. Claude, un jeune homosexuel chez qui j'habitais, n'avait même pas quatorze ans. Moi, comme j'étais grande, personne ne devinait mon âge… » Dans cette discothèque qu'elle fréquente régulièrement, elle est abordée un soir par une femme qui l'a remarquée et lui propose de faire des défilés de mode pour un grand couturier parisien. « Au début, je croyais qu'elle se foutait de moi. Puis je l'ai souvent revue au Palace. Un jour elle a insisté, elle a dit qu'elle voulait absolument me voir : j'y suis allée. »

Elle fait le pas, malgré l'angoisse que fait naître en elle ce métier ancré sur la photo, sur l'exposition de soi aux yeux des autres. Elle affirme avoir des problèmes avec son image, dit ne pas pouvoir se voir en photo. « C'est toujours le cas d'ailleurs. Je ne supporte pas, c'est un truc culturel. J'avais du mal pendant les défilés, c'était un cauchemar. Ce n'est pas simple de changer catégoriquement de milieu. » Elle, qui jusque-là avait toujours été méfiante, a dû pourtant vaincre les difficultés psychologiques liées à son entrée dans un monde inconnu. Elle se rassurait en se disant que puisque la plupart des hommes dans ce métier étaient homosexuels, elle ne courait aucun risque : « C'était très important pour moi, dans ma vie, ça m'a beaucoup aidée… » Pour cette jeune fille d'origine maghrébine dont l'identité s'est construite autour de la question de l'honneur, la confiance en soi était un solide atout pour passer le cap. Elle dit aussi combien elle était sûre d'elle lors de sa fuite. « Moi, j'ai pris des risques en partant de chez moi mais je savais que rien ne pouvait m'arriver : j'étais sûre de moi. Je savais que je n'allais pas tomber sur des types qui allaient me mettre sur le trottoir. » Armée de ces certitudes et malgré les angoisses, elle s'engage avec le grand couturier qu'on lui a présenté : c'est un moment clé de son équilibre psychologique. Dès ce moment, elle sait qu'elle ne retournera jamais dans son ancien quartier de banlieue. Elle a désormais bâti sa distance personnelle à Paris avec des gens qui la respectent. Elle développe ses qualités personnelles. Très vite, elle est employée pour les campagnes publicitaires du grand couturier en question et commence à voyager au Japon et aux États-Unis. Elle débute une carrière de mannequin de mode.

Kamal, le goût de l'initiative

Quand on lui demande les raisons qui l'ont poussé à quitter son quartier, sans hésiter, Kamal affirme que c'est le travail. Quand on lui a proposé un emploi de vendeur d'articles de sport à Cannes, sans se poser de question, il a foncé. Kamal : « Bien payé, logé et tout, un boulot fixe en plus. Au début je disais que j'allais juste y aller pour une saison, histoire de me faire des sous pour la suite. Et après, je me disais que si j'avais la possibilité de rester là-bas, de prendre un appartement, de faire ma vie là-bas et bien ce serait toujours mieux qu'ici. Alors je suis parti du jour au lendemain… »

En réalité, comme nous l'avons déjà vu, il était prêt à faire le pas depuis le jour de la sortie de prison de son meilleur ami. Après avoir réalisé qu'il lui fallait sortir du « système de quartier », il décide d'agir, écrit une lettre de motivation en réponse à une offre d'emploi, obtient un entretien, rencontre le responsable. Tout va très vite. Ce qui lui semble remarquable, c'est que le chef d'entreprise qui lui fait passer l'entretien n'a aucun préjugé sur la ville et sur le quartier d'où Kamal est originaire : il n'est pas affecté par le délit d'adresse. Au contraire, il se montre même agréablement surpris qu'un candidat postule de si loin et voit dans la distance parcourue une motivation supplémentaire, une volonté de bien faire. Après quelques mois d'essai, le jeune homme jouit d'une entière confiance. On lui propose un statut de gérant de l'un des magasins. « Ils m'ont pistonné, alors moi je n'ai pas hésité une minute, j'ai dit oui... en fait, *on* a dit oui parce que ça faisait déjà un an que je vivais avec Ramisa. La proposition était adressée à un couple, et nous, ça faisait un moment qu'on envisageait de se lancer, alors on a fait nos valises pour Avignon. »

L'exemple de Kamal est une belle illustration des qualités psychologiques des dérouilleurs. Une fois qu'on leur a fait confiance, ces garçons et ces filles consolident leur estime de soi, gagnent en assurance et peuvent envisager d'autres mobilités ascendantes. On le voit bien chez Kamal, la stabilité professionnelle enfin gagnée a déclenché une rage de promotion sociale ainsi que l'ouverture du rayon d'action géographique du couple. « Bouger » est alors un signe de modernité.

Rabia, le besoin de stabilité

Le scénario est sensiblement identique pour Rabia. À la sortie du lycée, elle fait des remplacements dans le secteur paramédical pendant plusieurs années avant de devenir infirmière diplômée. Le temps passe et elle ressent le besoin de s'établir dans un poste fixe, quel que soit le lieu. Elle veut changer. Rabia : « Je n'ai jamais chômé, c'est vrai, mais faut voir aussi ces horaires de fous que je faisais. Des fois, je faisais des nuits de garde, des trucs que les autres ne voulaient pas faire. Alors on m'appelait moi, l'intérim ça marche aussi pour ces trucs-là. En plus, les nanas sont toujours en arrêt, et comme moi je faisais les remplacements, on m'appelait au dernier moment et je devais y aller, sinon on appellait quelqu'un d'autre. Alors moi, le bouche-trou, je ne voulais plus faire ça, j'en avais marre. »

Au demeurant, elle est exigeante, considère qu'elle n'a pas encore trouvé un travail correspondant à son niveau de formation et n'est pas naïve s'agissant des discriminations que génèrent ses origines. « Chaque fois qu'on devait me faire signer un CDD, ça foirait parce que j'étais d'un quartier et pas n'importe lequel en plus. Alors je crois que c'est à cause de ça et aussi parce que je suis arabe. Ça en rajoute une bonne couche, ça... » Elle est consciente des problèmes mais elle nuance vite son discours en se remémorant le souvenir d'une rencontre faite avec un directeur de maison de retraite, qui a changé le cours de sa vie professionnelle. Rabia : « Il n'embauchait que des Arabes parce qu'il pensait qu'elles s'occupaient mieux des vieux que les autres. Ce qui est vrai, en plus. Un jour, une infirmière lui a demandé pourquoi il n'embauchait que des Arabes, elle trouvait ça injuste, et il lui a directement dit que c'était parce qu'elles s'occupaient mieux des personnes âgées ; elle était choquée, la pauvre petite... »

Le rêve de Rabia était de devenir fonctionnaire pour acquérir une stabilité professionnelle. Elle s'est alors mise à postuler tous azimuts dans des établissements publics, comme ça, pensait-elle, elle n'aurait plus de soucis, plus de problèmes et bénéficierait qui plus est de plein d'avantages. Alors elle s'est également présentée à Lyon parce que c'est là que se trouvait le grand pôle hospitalier de la région. Elle cherchait à travailler dans les urgences. Elle ne fixait aucune limite géographique à sa recherche. Un mois après le début de ses demandes, on la contactait déjà. Elle a passé le gué. À présent, elle travaille et vit à Lyon. Sa vie s'est stabilisée sur le plan personnel et professionnel. Elle raconte les circonstances de son embauche dans cette grande ville : « Lyon, c'est pas pareil, c'est grand, tout de suite quand tu arrives tu vois que c'est pas pareil : il y a des vendeurs arabes, des caissières arabes, des docteurs arabes. Dans ma ville, il n'y a que des racistes, alors que là ma candidature a été jugée selon mes compétences et pas selon ma tête. En plus, le responsable ne savait pas d'où je venais, alors il m'a tout de suite embauchée en CDI avec un mois d'essai. J'ai vite été à l'aise avec mes collègues. Voilà. On dirait un conte de fées, non ? »

Incontestablement, la grande ville est un lieu de prédilection pour l'émancipation sociale des jeunes filles issues des quartiers.

Mohand, mélomane, faux naïf

Après un parcours chaotique qui l'a mené en prison, Mohand est lui aussi à la recherche d'une stabilité, la naissance de son enfant l'obligeant à changer de direction de vie, à penser ses actions, à contrôler ses relations aux Autres. Il est donc en quête de sens et de sérénité. Ainsi, lui qui jouait de la guitare depuis longtemps, entend un jour un ami parler du métier de parolier en termes fascinants. Mohand : « Trois ou quatre chansons et tu gagnes des millions : je me suis dit que c'était ce qu'il me fallait. Alors j'ai commencé. » Et c'est le basculement. Le jeune garçon n'a rien à perdre, sa naïveté le propulse dans ce métier où les millions semblent se ramasser à la pelle. Au fond, la rencontre avec cet ami est à l'origine de sa carrière de parolier, puis de chanteur. En effet, son histoire se poursuit avec la découverte d'une célébrité, « un Kabyle qui était Français, Marcel Mouloudji. Je ne le connaissais pas. On m'avait dit que son vrai nom c'était Mouloud et qu'il avait rajouté un dji. » Sans se poser de questions, l'enfant terrible des bidonvilles de Nanterre, qui a connu la prison, les centres de redressement... décide d'appeler la Sacem pour s'informer sur un certain Marcel Mouloudji à qui il souhaiterait envoyer quelques chansons. On lui apprend qui il est et on lui indique qu'il se produit justement en concert dans une salle de spectacle parisienne. Dès lors, « avec mes trois ou quatre chansons, je me pointe au Don Camillo pour voir Mouloudji. J'ai dit que j'étais Kabyle et que je voulais chanter, lui montrer mes chansons. Il m'a dit de revenir le lendemain. » Mais le lendemain, l'artiste ne peut pas le recevoir. Qu'à cela ne tienne, il revient tous les soirs et l'attend devant la porte, jusqu'à ce qu'il obtienne un rendez-vous, chez lui, pour lui montrer ses chansons. « Il m'a encouragé à continuer, à rencontrer des musiciens. De retour chez moi, j'ai dit à tout le monde que Mouloudji avait dit que j'avais du talent ! » À la suite de cette rencontre magique, convaincu de son talent, le jeune homme est plein de confiance en lui. Il croit en sa carrière. Un peu plus tard, il découvre le chanteur Léo Ferré. La suite de son histoire s'enchaîne en une série d'événements qui vont l'amener à prendre les devants, individuellement, mais toujours sans risque, puisqu'il n'a rien à perdre. Alors qu'il habitait dans une cité à Montrouge avec sa compagne, il apprend un jour la venue en concert d'un artiste, Jean-Roger Caussimon, dont il apprécie les chansons. De nouveau, notre dérouilleur insouciant décide de lui rendre une visite intéressée pour lui présenter ses chansons. Il laisse son adresse et son numéro de téléphone pour qu'on le rappelle. « Une semaine plus tard, il m'a rappelé et invité chez lui. Il m'a pris un texte, *L'Algérien*, avec une mise en musique de Léo Ferré ! Je ne te dis pas… »

Mohand explique son audace par le fait qu'à vingt ans on n'a peur de rien. Mais lorsqu'il est allé voir Mouloudji, leur commune origine kabyle pouvait lui faire espérer qu'il bénéficierait d'une oreille attentive de la part de l'artiste. Deux raisons suffisantes pour faire le pas.

Il a désormais la passion de la chanson, et sa carrière est bien engagée lorsqu'il rencontre la chanteuse grecque Melina Mercouri. Elle lui prend deux textes, tout en lui suggérant de chanter lui-même ses chansons, lui offrant ainsi le déclic d'un nouveau regard sur lui-même. À partir de ce moment, son degré de confiance en lui monte d'un cran, il commence à travailler un répertoire personnel, prend des cours de chant, veut faire de la chanson son métier. Quelques années plus tard, sa passion des mots le conduit à l'écriture littéraire. Il est aujourd'hui l'auteur de plusieurs romans.

C'est bien la naissance de sa fille qui est à l'origine de cet enchaînement. « J'étais heureux parce que j'avais structuré quelque chose de légal, d'honnête. Pour ma fille, je n'allais pas finir dans un fait divers. Le fait symbolique que Caussimon m'ait aussi pris une chanson que j'avais intitulée *À toi, ma fille* et qu'il l'ait mise en musique m'a sauvé la vie. »

À nouveau, on retrouve chez les garçons ayant connu la délinquance, l'errance, la violence, le sentiment de soulagement que procure un nouvel équilibre qui assure une normalisation. Structure, équilibre, confiance… ces mots se retrouvent dans toutes les histoires et expriment le besoin des dérouilleurs, à un moment de leur vie, de ressembler à tous les autres, de devenir « un Français moyen ». Une aspiration à l'intégration invisible en somme. Une existence dans la société française où ils ne seraient plus stigmatisés par leur adresse ou leur faciès.

Bernard et le conseiller d'orientation.

Souvent, les dérouilleurs dont j'ai évoqué la force de caractère sont des personnalités dynamiques, agissantes, fortes, qui sont forcément repérées par leur entourage. C'est le cas de Bernard. Un directeur d'école hôtelière fut à l'origine de sa réinsertion dans un cycle d'études normales au lycée. J'ai déjà parlé du cas de Bernard en disant à quel point la fréquentation d'un lycée du centre-ville de Lyon avait été pour lui une ouverture sur le monde. En fait, alors qu'il venait d'avoir dix-sept ans, il a trouvé un emploi de cheminot à la SNCF, comme son père rapatrié d'Algérie en 1962. Comme il n'avait pas le bac et qu'il s'ennuyait dans son travail, il décide de son propre chef de repasser le diplôme et écrit au rectorat pour s'inscrire en candidat libre. On l'envoie préparer un brevet professionnel de charcutier dans une commune de la banlieue nord de Lyon, mais c'est si loin de ses aspirations profondes ! Très vite, il est repéré par le directeur d'établissement : « Je lui dois tout, il m'a ouvert la vie, il m'a demandé ce que je faisais là. Il a dit que je n'avais rien à faire ici, que je devais repartir faire des études et m'a trouvé une place au lycée J.R. de Lyon ». C'est là que Bernard réussit son bac. Il fait carrière dans les métiers de l'animation culturelle, alors que l'Éducation nationale le destinait à un avenir de charcutier. Il avoue avoir eu de la chance de rencontrer ce directeur qui l'a « sorti du lot ». Cet acte l'a marqué. Aujourd'hui, en tant que directeur de la maison de l'enfance d'un quartier, il concentre son énergie sur la promotion sociale des jeunes défavorisés *via* la culture et l'éducation. Il veut les « aider à grandir ». Récemment, il s'est inscrit dans un cycle d'études dans une université lyonnaise et a dû défendre les acquis de son expérience professionnelle, à défaut de posséder les diplômes traditionnels. Une autre rencontre l'a sauvé à nouveau : « Personne ne me voulait et je tombe sur le doyen de la fac de sociologie. Finalement il me prend. Je dois tout à ces types-là, qui m'ont fait accéder à des choses que je n'avais pas eues du premier coup… »

Salim, le candidat

En 1983, Salim a dix-sept ans. À quatorze ans et demi, il a quitté Avignon pour s'installer à Rouen et entamer une carrière de footballeur professionnel. Il en est revenu moins de trois ans plus tard pour passer le bac chez lui (il avait poursuivi ses études au centre de formation de l'équipe rouennaise). Après quoi, il part à Laval où il joue en première division de ligue nationale de football. Durant cette période, il retourne chez lui environ une fois par trimestre. Nous sommes dans « l'après 1981 », et il suit à distance – mais de près » l'actualité des révoltes des jeunes dans les banlieues, les grèves de la faim dans la cité des Minguettes de Vénissieux contre les expulsions, les rodéos et autres voitures brûlées dans les cités. Salim : « J'étais loin mais je comprenais leurs réactions à l'encontre de la société. J'avais les mêmes gènes qu'eux ; quand je les voyais, je m'identifiais à eux. Si je n'avais pas été à Laval à cette époque, j'aurais réagi comme eux. » Ainsi s'opère, à distance, son identification à une communauté en souffrance. Il se sent frustré d'être loin des événements historiques qui se jouent dans les cités.

Il a vingt ans quand la ville d'Avignon fait appel à lui, l'équipe de foot locale ayant l'ambition d'accéder à la division supérieure. Il casse alors le contrat professionnel qui le lie à Laval. Cette proposition intervient dans un cycle de vie précis du jeune Avignonnais : « Je ne voyais pas le bout du tunnel, ma carrière ne décollait pas, je végétais... » Heureux d'être sollicité par sa ville d'origine, il y fait un retour médiatisé et acquiert une notoriété locale. Mais au bout de deux ans, la greffe dans son club n'a pas prise et il ne supporte plus les incertitudes du monde du football. Il choisit d'arrêter. Dans un lycée horticole d'une ville voisine, il trouve un poste de surveillant, mais n'y reste pas longtemps. Son père, agent à la SNCF, l'informe des recrutements en cours dans l'entreprise nationale. Salim : « Pour revenir à la maison, j'étais prêt à faire n'importe quoi. J'ai accepté de passer les épreuves et j'ai été recruté. » Il ressentait alors un grand besoin de retour au pays, de stabilité, et se marie dans la foulée. Il a un premier enfant, et s'installe dans un quartier populaire d'Avignon. Mais la fibre du social n'a pas disparu, au contraire ; son emploi du temps à la SNCF lui permet de participer à l'action collective dans les banlieues. Comme dans d'autres exemples, on sent chez lui un sentiment d'insatisfaction permanent qui nourrit une volonté d'aller toujours plus loin. « Je me suis dit que ce que je faisais n'était pas très passionnant. J'avais pas mal de temps à donner, des convictions, des valeurs. Je voulais les concrétiser au quotidien... » Une aspiration politique commence à forger sa personnalité. Il a alors envie d'être utile à la société, de faire bouger les choses, considérant la fracture trop importante. Il ne peut concevoir de rester inactif, alors même qu'il y a à côté de lui des gens qui lui ressemblent et qui ne se bougent pas... Après ce constat, il crée une association avec des amis. Au départ, les actions dans les quartiers sont ponctuelles, mais il se rend vite compte que l'action associative a une efficacité limitée, qu'elle exige beaucoup d'énergie pour glaner des subventions publiques. Il lui prend alors l'envie d'être élu. Il sent qu'il peut apporter un souffle nouveau, chez lui, dans son fief, là où vit sa famille très nombreuse. « J'étais stabilisé sur le plan professionnel. C'est important. J'avais la chance d'avoir autour de moi une famille unie, soudée. Mon père a dix frères et sœurs, tous installés à Avignon, ce qui fait beaucoup. Je pouvais faire, donc j'ai fait. »

1995 est l'année charnière de son destin politique. Il est alors un sportif connu dans sa ville, son association est médiatisée, et le maire socialiste sortant le sollicite pour un soutien symbolique aux municipales. Il accepte. Finalement, le maire perd les élections mais cette expérience n'est pas négative pour Salim qui constate son aura auprès des jeunes des quartiers. Il a maintenant pris goût au combat politique. Il parle spontanément d'un déclic : « J'ai oublié de le dire, mais ça a été un déclic. Je me suis dit que des gens pouvaient, à travers moi, mon côté chaleureux, populaire, s'identifier à moi... » Tandis que dans sa ville, il se cherche une famille politique, une deuxième étape décisive survient : un dimanche soir, il regarde une émission de télévision grand public à laquelle est invité un ami sociologue d'origine maghrébine, en même temps qu'un ministre du gouvernement. Le discours du ministre le séduit. Dès le lendemain, il lui écrit pour lui manifester son enthousiasme. Il reçoit vite une réponse. Le contact est pris. Le destin s'active. Après plusieurs rencontres avec les membres du groupe politique du ministre, en janvier 1998, il est appelé comme conseiller, chargé des problèmes d'accès à la citoyenneté.

Pour Salim, tout s'est joué en dix-huit mois. Famille nombreuse, équilibre affectif, stabilité professionnelle, qualités développées dans le domaine sportif, expérience de nombreuses mobilités, de ruptures durant son adolescence... ont balisé sa trajectoire de gagneur.

* Il y a 1 pb. avec ça : ministre de l'identité nationale, citoyenneté, qu'est-ce que ça veut dire ?

Amor et le grand large

C'est une route similaire qu'emprunte Amor à Lille. Alors qu'il vient juste d'avoir son bac technique à dix-huit ans et demi, il quitte sa famille. Son père est retourné en Algérie, tout comme sa mère malade, abandonnant les frères et sœurs sous la responsabilité du frère aîné, âgé de vingt-deux ans. Amor part pour Monaco, une ville qu'il avait déjà visitée alors qu'il avait quatorze ans, lors d'un séjour en colonie de vacances, et qui lui avait laissé de beaux souvenirs. Amor : « C'était comme ça, sur un coup de tête, j'ai fait de l'auto-stop. À dix-huit ans j'étais fauché, j'ai mis quatre jours pour arriver. Je me souviens, sur la route j'achetais des baguettes et des bananes que j'écrasais dedans... » Des études dans un pensionnat belge lui ont depuis quelques années donné l'habitude d'être loin de sa famille ; il n'a pas peur de sortir de ses limites, au contraire, il est attiré par le grand large, comme il le dit lui-même. Sans doute, un climat familial difficile à supporter explique ce besoin d'espaces de respiration, mais aussi – comme les autres – la conscience de n'avoir rien à perdre. « Tous les gamins ont les même rêves mais surtout ceux de chez nous. On n'a rien à perdre dans la vie parce qu'on n'a pas de sécurité, rien. Alors on essaie de concrétiser ses rêves. Je ne regrette rien, si j'étais resté à Lille à faire des études normales, j'aurais été malheureux... »

Quand les dérouilleurs ont quitté précocement leur milieu familial, ils ont acquis cette capacité de se fier à leur intuition. Pour Amor l'intuitif, le déclencheur est un de ses enseignants à l'internat. À Monaco où il débarque, il s'inscrit dans l'équipe de football et joue pendant deux ou trois ans,

Histoire presque trop belle, décourage- combien ne s'en sortent pas du tout, ou après avoir tenté leur chance.

gagne un peu d'argent. Il aime le football et cette passion lui permet vite de nouer des relations avec des gens du pays. Toujours entreprenant, durant deux ans il travaille dans une charcuterie, fait quelques économies avec lesquelles il rachète une petite affaire sur le marché de Monaco. Il a alors vingt-deux ans. Sa faculté d'adaptation lui procure de nombreuses amitiés. Il fonde l'équipe de football du marché.

De la même manière qu'il a été capable, sur un coup de tête, de quitter sa ville du Nord et les siens, le spectacle quotidien de tous ces yachts en rade au port de Monaco lui donne envie de voyager. Un de ses amis du marché, livreur de ravitaillement pour ces somptueux bateaux, l'informe un jour qu'un navire grec est en partance pour les Antilles et que le capitaine accepte de le prendre à bord. Une nouvelle fois, Amor fonce. Il se souvient de tout, de ce matin où il est allé au port : quand il a embarqué, l'équipage dormait encore. Il était très tôt. Il a dormi sur le pont. C'était en février 1970, la mer était déchaînée. Et voilà notre dérouilleur parti pendant six mois aux Antilles sur un yacht de luxe… Comme d'autres, il a décidé d'agir sur un coup de tête, « du jour au lendemain ».

De retour à Monaco, il retrouve son équipe de football et ses amis, travaille comme serveur dans un restaurant puis comme garçon de café. Il ouvre ensuite un commerce de boissons près du port. Il fait des livraisons à domicile et sur les bateaux de luxe. Une période de stabilité commence. Il gagne beaucoup d'argent, travaille le matin de six heures à treize heures, déjeune chez un ami restaurateur qu'il aide parfois à servir ou à faire la plonge. Il continue d'entreprendre, car sa confiance le

6 – 13h = 7h de TW, rien d'exceptionnel, en +, il ne paye pas ses repas.

pousse toujours à prendre de nouveaux risques. Trois ans plus tard, il reprend la gérance d'un bar sur le port de Monaco, gagne encore plus d'argent. Il a alors vingt-six ans. Il vit avec sa compagne d'origine française dans une villa sur les hauteurs de la ville, mais cette période de mer calme l'ennuie. Tout était presque trop beau pour ce jeune homme fougueux. Un jour de l'année 1980, la décision est prise, il abandonne tout et monte à Paris pour travailler dans la publicité. L'année suivante, l'élection de Mitterrand à la présidence de la République change le cours de sa vie. Il s'engage en politique au sein d'une association, découvre sa communauté d'origine puis crée enfin sa propre association dans sa ville.

Aziz l'imitateur

En parcourant les histoires de vie de nos dérouilleurs de la génération précédente, on ne peut s'empêcher de penser à une certaine partie de la jeunesse actuelle des quartiers pour qui la vie est sans saveur car trop répétitive, qu'il faut sans cesse convaincre pour lui faire faire des activités, qui est dépassionnée, blasée... Une passion pour un sport, pour une activité culturelle ou pour un art exerce une forte influence sur la réussite sociale. Elle permet au jeune de savoir très tôt dans quelle direction concentrer son énergie.

Alors qu'il traînait avec ses copains de quartier à douze ou treize ans, Aziz, entouré de ses trois sœurs et de sa mère, se souvient de l'hilarité que déclenchaient ses imitations d'acteurs parmi ses copains, lorqu'il se mettait à improviser en classe. Sa passion pour le cinéma classique français vient de là. Dès la classe de seconde, il sait qu'il veut devenir comédien et décide d'abandonner l'école. Il a seize ans, travaille dans des emplois jeunes, aide sa mère qui tient un restaurant (elle adore le jazz !), mais ne perd pas de vue son projet professionnel. Il part à Paris faire une école de théâtre. En attendant, il habite chez sa sœur, à Puteaux. Alors qu'il commence à gagner des concours, il doit revenir à Lyon pour aider sa mère qui a besoin d'un « homme » à ses côtés, son époux étant décédé dans un accident de voiture. Là, il commence ses *one man shows* dans les théâtres de la ville, écrit ses textes. Il y reste jusqu'en 1995, date à laquelle il retourne à Paris. « Du jour au lendemain, je suis parti à Paris. Je ne voulais plus rester à Lyon. Je détestais cette ville. Je commençais à la haïr : son ambiance, son côté bourgeois omniprésent. Je trouve qu'à Paris on ne voit pas ça, on ne voit pas la différence de classe. Mais à Lyon, c'est impressionnant : tu prends les quais de Saône et les quais du Rhône, tu vois la différence ; il y a un côté New York, on est dans la Cinquième Avenue, et deux blocs plus loin, c'est Harlem. À Lyon, rue de la Ré, on voit le regard des gens sur les jeunes des banlieues, c'est frappant. S'ils avaient des flingues à la place des yeux... Je me suis dit que cette ville devenait dangereuse, question mentalité. Et puis il y avait constamment de jeunes Beurs tués pour un rien à cette époque. Je ne voulais plus voir ça : la crainte dans les regards, dans les bus... À côté de ça, je voyais tous mes copains comédiens partir à Paris, ils m'ont donné envie... »

Il se souvient de sa première expérience théâtrale. La salle était bondée. Ce succès l'a mis en confiance pour la suite de sa carrière. Il vit aujourd'hui à Paris. Il a écrit un scénario de film en anglais et compte aller le vendre à Los Angeles. Il souhaite s'y installer pour poursuivre une carrière de comédien et de scénariste.

Ali et le bac

Au sein des familles immigrées, dans les années soixante-dix, la réussite d'un des enfants au bac était un événement d'une grande valeur symbolique et particulièrement stimulant pour la suite de ses études. La rareté des jeunes de quartiers dans les lycées justifiait alors la joie de ceux qui avaient réussi à franchir l'obstacle de ce diplôme, alors que beaucoup étaient orientés vers des filières techniques courtes, les classes dites de transition ou d'apprentissage. C'est de la réussite de ce bac dans les familles modestes dont se souvient surtout Ali quand on lui parle de déclic. Ali : « Le bac, ça a été un moment important, parce qu'il y avait la pression familiale. J'étais le premier à passer le bac, en situation non pas d'immigré, puisqu'on était des Français rapatriés, mais d'étranger quand même, dans le regard des autres. Il y avait comme un défi : voir mon nom, le fait d'être reçu à ce premier examen, c'était quelque chose... Tout le monde était content autour de moi, heureux, mes parents, mes amis... Une espèce de fierté, pas évidente à porter. En fait j'ai l'impression d'avoir eu le bac plus pour les autres que pour moi ! Voilà, j'ai eu ce bac et puis je me suis engagé dans les études supérieures. »

Lui qui aspirait à une carrière de pilote de chasse devient médecin, après que l'ami de l'une de ses sœurs l'eut motivé pour cette profession. Mais ses qualités personnelles auraient pu lui permettre de réussir dans d'autres domaines. Il est

* Un défi personnel est sûrement + difficile à remporter que 1 défi collectif

aujourd'hui médecin et vit à Paris avec sa femme et leurs deux enfants. À l'image de Salim, de Brahim, d'Amor... sa recherche identitaire l'a conduit par la suite à s'impliquer dans les problèmes des jeunes de sa communauté et à s'engager dans l'action associative puis politique dans sa ville champenoise. Dans son cas, la discipline très stricte imposée par le père a été un puissant gage de réussite.

Aïcha et son frère aîné

Aïcha se souvient de son frère aîné, qui n'a jamais cessé de la motiver, et d'un professeur de philosophie en classe de terminale qui l'a aidée à construire sa personnalité. Il lui a appris à devenir adulte, à être critique à un moment où elle se posait beaucoup de questions sur sa famille destructurée par la rupture violente de ses parents. C'est en partie grâce à lui qu'elle est devenue une grande lectrice. Ensuite, elle suit un cursus universitaire à Nantes, qu'elle interrompt pour des raisons de santé, puis revient dans la région de Toulouse, près de sa mère.

Souvent, elle qui avait la passion de l'Opéra en raison de « la douleur qu'elle comprenait... » allait au conservatoire assister aux répétitions, se cachait dans un coin pour épier les artistes. Elle aime la musique intuitivement, elle n'a jamais appris le solfège. Un jour, elle lit sur un panneau d'affichage l'annonce d'un concours d'entrée. Aussitôt, elle se présente pour une audition. Cette expérience l'a marquée : « L'inscription était gratuite, tu chantais ce que tu voulais. Donc devant d'éminents profs de chant et le directeur du conservatoire, je passe sur scène. J'ai dit que j'allais chanter un morceau *a capella*, du gospel que j'avais en mémoire. J'ai chanté... Au bout d'un moment, le directeur m'interrompt en me disant : "Mademoiselle, vous avez une voix extraordinaire, mais ne perdez pas votre temps à étudier le classique, vous êtes faite pour chanter du jazz ou du blues..." Ça m'a effondrée. Je voulais faire du classique... Pour moi, souffrance et émotion étaient tellement liées que même en chantant, je faisais souffrir les gens qui m'entendaient. Et ça, c'est le propre du blues. Mais à vingt ans, je ne connaissais pas le solfège et je ne pouvais pas envisager de carrière classique... »

Il n'empêche que c'est l'audace de se présenter à ce concours devant un jury d'experts, que l'on retient chez elle, sans doute motivée par le sentiment de n'avoir rien à perdre et tout à gagner. Plus tard, elle passe un nouveau cap. Après une inscription infructueuse à la Mission locale pour l'emploi, elle fait des petits boulots avant de procéder à un bilan de compétences. C'est un tournant : « Ça a été déterminant pour moi : tu rencontres un professionnel de l'orientation et ce genre de choses révèle des évidences, des choses que tu savais au fond de toi. Je n'osais même pas dire que je voulais être journaliste. J'étais tellement humiliée d'avoir arrêté mes études, de n'avoir aucune valeur sociale, d'être en marge de la société, que je n'osais même pas dire que je voulais être journaliste. Finalement, j'avais les capacités pour le devenir, j'avais envie d'écrire, j'adorais le micro, le chant. La télé, je ne pouvais pas, la presse écrite ça manquait de vie pour moi. J'ai gardé ce rêve-là longtemps. Dans ma ville, avant d'aller à Toulouse, j'avais frappé à la porte d'une radio associative au centre culturel. J'avais dit à la

* Pour réussir à 1 concours de chant, je pense que l'audace ne suffit pas. Les facteurs chance et capacité entrent en ligne de compte

journaliste qui était là que j'avais envie de travailler à la radio et elle m'a dit d'aller essayer de convaincre le directeur. J'y suis allée. Il m'a dit oui, tout de suite. »

La très forte détermination de la jeune fille lui ouvre toutes les portes ; elle n'est pas timide sur le plan professionnel. « Quand j'ai une idée en tête, je suis extrêmement têtue et déterminée. Si je n'avais pas tenté, je n'aurais certainement jamais fait de radio. Donc j'avais désormais une petite rubrique "Culture"… J'allais assister aux spectacles culturels : ça m'a permis de voir quelques opéras, des spectacles de danse avec de grands danseurs espagnols, puis je donnais mon point de vue, mes impressions sur le spectacle et j'écrivais. Ma collègue m'aidait à rédiger. Donc je faisais ça et, en plus, je travaillais dans une école privée juste à côté de la radio, je donnais des cours de soutien à des gamins insupportables. Après, je suis partie à Toulouse. J'ai voulu travailler en radio, mais on m'a fermé la porte au nez : je n'étais pas diplômée. Donc là, mon audace a été bien freinée… J'ai commencé à faire tous les petits boulots. Au bout d'un an de galère, de travaux forcés à Toulouse, la Mission locale me rappelle, simplement parce qu'ils étaient sans nouvelles de ma part et voulaient savoir ce que je devenais. Je suis allée voir une dame très gentille qui m'a parlé d'un stage sur une radio qui démarrait. J'étais heureuse. Je me suis retrouvée avec des filles qui travaillaient dans la coiffure, le social… Des cas graves, des filles hallucinantes, incapables de s'exprimer. Je me souviens du premier jour, le tour de table, je prends la parole et tout le monde s'est tourné vers moi : j'étais la seule qui était capable d'aligner une phrase ! La seule ! Et heureusement, je tombe sur ce bonhomme-là, il connaissait la directrice d'une radio, elle avait besoin de quelqu'un de sérieux : le type qui faisait les infos n'était pas assidu… J'ai rencontrée cette femme, qui était prof dans un lycée professionnel. Au bout de deux minutes d'entretien, elle m'a dit qu'elle allait me faire faire les infos du matin. Je me jette dans la bataille. J'étais un peu angoissée, je ne l'avais jamais fait. Je ne gagnais que deux mille francs pour ce stage, mais je faisais ce que j'aimais… » C'est ainsi que la jeune fille fait ses premiers pas dans le journalisme. Dans cette nouvelle radio, elle gagne la confiance de tout le monde, mais au bout de quelques mois elle a déjà fait le tour de la question et elle a des idées pour améliorer la qualité de son travail. Un jour, lors d'une rencontre privée, on lui présente la directrice d'une grande radio nationale. C'est un nouveau tournant. Elle produit la maquette d'une de ses émissions et l'envoie à Paris, accompagnée d'une lettre de motivation et d'un CV. Elle convainc. Elle est envoyée pour ses débuts à Chalon-sur-Saône, puis à Cannes. Bientôt, on lui proposera de monter à Paris sur l'antenne nationale.

Aïcha sait ce qu'elle veut, elle se décide vite. Elle n'a rien à perdre. Tout à gagner. Et pourtant, ce qu'elle a vécu dans sa famille pendant son enfance n'a rien d'enviable.

Naissance des Beurs : 1981-83

Dans sa commune de la région parisienne, Yazid, directeur d'une Maison des jeunes, évoque lui-même le mot « déclic » quand il raconte son destin[26]. Après

26. Yazid Kherfi, Véronique le Goaziou, *Repris de Justesse*, Syros, Alternatives sociales, 2000 (186 p.).

avoir été délinquant et avoir connu la prison, au début des années quatre-vingt, il aurait sans doute été expulsé de France sans la mobilisation générale des membres de sa famille, des travailleurs sociaux, du maire de la ville... Finalement, il est assigné à résidence chez lui. C'est un moment clé de sa vie. Le temps de se remettre en cause pour comprendre son passé, les réalités d'aujourd'hui. Il apprend le sens de l'effort, se lance dans les études, change son regard sur les gens d'en face, comme il les appelle. « Voir des gens qui te comprennent et surtout qui te soutiennent, ça permet de casser les images qu'on avait d'eux avant. Quand tu es délinquant, il y a des gens que tu n'aimes pas, mais en fin de compte, c'est des gens bien. »Les gens d'en face ont été pour Yazid ceux qui l'ont aidé à transformer son regard concernant ce qui se trouve ailleurs. Pour que l'individu accepte de modifier sa structuration psychologique et d'adopter de nouveaux comportements sociaux, il faut au préalable que la confiance s'installe avec ses nouveaux instructeurs. Pour Yazid, la métamorphose a été radicale.

Il faut rappeler que l'arrivée au pouvoir de la gauche et de François Mitterrand ont constitué une aubaine dans son itinéraire. Auparavant, en effet, il avait le sentiment d'être coupable dans la société, presque illégitime, usurpateur. Et il découvre après 1981 – les discours favorables aux jeunes des banlieues, l'arrêt des expulsions, le droit associatif pour les étrangers – qu'il est en fait victime d'une société très coercitive à l'encontre des personnes comme lui. En se sentant membre d'une communauté de victimes, il se libère du sentiment de culpabilité.

Plus tard, il n'est plus le même homme. La transformation de son regard sur le monde l'amène à passer une licence en sciences de l'éducation à l'Université. Aujourd'hui, il est membre d'une équipe de recherche en thérapie sociale et travaille sur les phénomènes de violence en banlieue. Il vient de publier son premier récit autobiographique au titre évocateur, *Repris de justesse.*

Là encore, on est tenté d'établir une analogie entre l'époque de la génération qui avait vingt/vingt-cinq ans en 1980 et les jeunes des banlieues d'aujourd'hui. À l'instar des années soixante et du mouvement de déségrégation des Noirs américains, en France, la décennie quatre-vingt a été une période importante dans la formation identitaire des jeunes d'origine immigrée des banlieues. En effet, pour la première fois de leur histoire, ils acquièrent une reconnaissance nationale dans la société et un droit de cité. La fameuse Marche des Beurs, organisée sur le modèle de la Marche de Martin Luther King Jr. de 1967, signe définitivement leur visibilité dans l'espace français. Parmi les dérouilleurs que nous avons rencontrés, on trouve fréquemment la trace de cette période de l'Histoire de France pendant laquelle les gens de la communauté maghrébine commencent à exister en toute dignité, à sortir ensemble de leur zone de relégation sociale et territoriale. L'impact de ce mouvement social sur la psychologie et les itinéraires des dérouilleurs est incontestable.

Gardant en mémoire l'énergie dégagée par cette période historique, suivons à nouveau les traces d'Amor le Monégasque. Quand il quitte Monaco et débarque à Paris, il s'investit pendant deux ou trois ans dans un projet publicitaire en collaboration avec une société de taxis. Nous sommes au début de la décennie quatre-vingt. Le Front national atteint des scores élevés aux élections. Le jeune homme, que les études ont fait grandir en Belgique à l'écart de sa communauté d'origine, seul immigré maghrébin parmi ses copains à Monaco, commence à prendre la mesure des enjeux politiques liés à l'immigration. Dans l'arrondissement de Paris où il habite, il tombe un jour sur un tract raciste fustigeant les immigrés. Spontanément, il téléphone à la permanence locale du parti pour exprimer son indignation. C'est son premier geste politique. Sa conscience communautaire naît à ce moment-là. Désormais, il ne se conçoit plus comme individu mais comme membre d'un groupe minoritaire, susceptible de pouvoir faire perdre ou gagner des élections, c'est-à-dire doté d'un pouvoir dans la société : le pouvoir de nuire. Un peu plus tard – l'histoire est exactement la même que celle de Salim l'Avignonnais –, lors d'une émission de télévision, il est conquis par le président de SOS Racisme et trouve « la démarche vibrante ». Il fréquente ensuite l'association France Plus, dont le discours lui paraît plus proche des réalités de terrain, et fait la connaissance de son président et de ses militants. Il est cette fois séduit par la dynamique collective émanant de personnes de même origine que lui. Voilà, sa carrière politique est lancée. Il milite dans cette association de droits civiques, qu'il quitte en 1989 à cause des « dérives dictatoriales de son président », et fonde sa propre structure associative à Lille grâce à ses fonds personnels. Quelques années plus tard il créera un autre mouvement dont les statuts prévoient que le président ne peut être élu que pour un seul mandat.

On est tenté de regrouper les trajectoires sociales d'individus qui, après un éloignement de la communauté d'origine pour des raisons professionnelles ou familiales, ont accompli un retour identitaire vers les leurs par le biais associatif puisl'engagement politique. C'est le fait d'avoir été un temps éloignés de leurs racines qui a nourri certaines frustrations et les a conduits à revenir aux préoccupations de leurs semblables. Salim : « J'ai fait un retour aux sources de manière naturelle. Que tu le veuilles ou non, quand tu es né dans un quartier populaire, tes parents déménagent, toi tu reviens dans le quartier parce que c'est là que tu as tes marques, tu te sens bien, tu as ton identité, c'est là que tu peux t'affirmer avec des gens qui te ressemblent, qui vivent ce que tu vis. »

Le besoin d'être reconnu au milieu de personnes semblables sur le plan physique, social, territorial, historique... guide le destin des dérouilleurs qui se sont engagés dans la vie politique. Et le mouvement national de 1981-1983 a été un catalyseur identitaire qui a permis l'épanouissement personnel.

Dans sa carrière, Mohand se souvient que, lors de la sortie de son premier album de chansons, à l'âge de vingt-sept ans, il se produisait dans des cabarets, tournait avec les associations dans les banlieues, c'est précisément cette époque qui a publiquement exposé d'un seul coup des milliers de jeunes comme lui, en France, ayant des histoires communes, les mêmes parents analphabètes, le colonialisme... Lui qui a toujours joué sa vie en solo se découvre alors une *liaison communautaire*. Quand il part enregistrer son album aux États-Unis en 1982, il a vingt-neuf ans. L'histoire des Noirs américains le fascine. Il compare le quartier noir new-yorkais de Harlem à sa cité de Nanterre. Mohand : « J'avais lu dans un bouquin de Chester Himes[27] des choses sur Harlem et c'était comme Nanterre... Alors, aller aux États-Unis, c'était un rêve ! Je me suis rendu compte qu'en France nous étions une minorité comme les Noirs américains... Ce qui m'avait intéressé chez Chester Himes, c'est qu'il avait fait sept ans de prison pour braquage ! Un Noir américain qui devient écrivain : donc, c'était possible ! » Son affiliation collective à une minorité française, les Beurs, rappelle les trajectoires de Salim ou d'Amor. Après un temps vécu en marge de la communauté d'origine, le besoin d'un retour aux sources se ravive.

En tant que fille d'origine maghrébine, Faema a des préoccupations différentes à cette époque. Au début des années quatre-vingt, elle vit avec une personnalité du monde artistique parisien, ce qui lui vaut d'être sollicitée médiatiquement, notamment à l'occasion de la Marche des Beurs dans la banlieue lyonnaise. Elle revendique fermement ses origines. Faema : « Parce que mon père était au FLN. C'était hyper-important. Je ne supportais pas quand, dans les défilés de mode, on disait que j'étais Brésilienne, je disais *non, non, c'est pas vrai*, ça me rendait malade... » La fameuse Marche des Beurs lui fournit l'occasion de se reconstruire une bonne image d'elle-même en renouant avec son milieu d'origine. On se souvient qu'au début de sa carrière de mannequin, elle ne supportait pas de se voir, d'être regardée, et qu'une rupture pré-

27. Lire par exemple *La Reine des pommes*, Gallimard, Folio n° 1853, Série noire n° 419.

maturée avec sa famille l'avait fortement déstabilisée psychologiquement.

J'insiste pour rappeler que dans les jeux de frottements du dérouilleur entre sa distance personnelle et sa distance communautaire, autrement dit entre lui et les siens, la confiance constitue un véritable pilier de sa construction identitaire. Sollicités par l'esprit français républicain pour être des individus-citoyens, les dérouilleurs ressentiront d'autant plus de difficultés que les stigmatisations à l'encontre des « leurs » persisteront.

CHAPITRE TROISIÈME

DISTANCES ET ÉCARTÈLEMENTS

Pour Sid, Ali, Tahar, Bernard, etc., nous avons vu de quelle manière la fréquentation d'un collège ou d'un lycée situé hors du quartier avait constitué l'une des premières expériences de mixité. En effet, la rencontre avec « des autres » leur a donné l'occasion de faire connaissance avec leur distance personnelle et « d'aller voir ailleurs s'ils y étaient », pourrait-on dire. Le voyage a permis à ces dérouilleurs de sortir de leur refuge, de se voir, de se concevoir chez les autres, parmi eux. Ces premières escapades hors du décor intérieur ont été fructueuses en termes d'identité personnelle. Elles constituent un miroir supplémentaire pour les jeunes, reflétant de nouvelles facettes d'eux-mêmes.

À présent, les ruptures que je vais évoquer sont l'occasion de profondes métamorphoses chez le dérouilleur. Elles proviennent de diverses pressions et contraintes que les siens font peser sur lui, après qu'il a décidé de bouger et de se bouger pour vivre en conformité avec ses aspirations personnelles. C'est ce que j'ai appelé le prix à payer pour devenir un citoyen libre.

Ruptures avec les siens

Le choc dedans-dehors

Les premiers écarts entre le dérouilleur et les siens se produisent dans les familles ayant de mauvaises conditions de logement. Il arrive un moment où l'individu ne supporte plus la contrainte du nombre de frères et sœurs qui lui interdit toute intimité. Il cherche donc à fuir la « cellule » familiale. À l'évidence, pour les filles, cette question est source de grandes perturbations au sein des familles d'origine maghrébine, si l'on en juge notamment par l'expérience d'Abdel, ancien président de la mission locale d'une grande ville de province. Dans une ZUP difficile, il se souvient que l'une des redoutables difficultés à régler était celle du logement. Abdel : « C'était une bagarre terrible : faire que les vieux aient un logement digne. Le vieux, soixante ans, avait des enfants, des filles et des garçons. Il venait me voir en pleurant au bureau pour me dire : "Ma fille a dix-huit ans, mon fils a vingt ans, comment puis-je les faire dormir dans la même chambre ?" Ça me rappelait trop chez moi, c'était un truc de fou, je ne pouvais pas le laisser, je ne pouvais pas refuser de lui trouver un logement, pour ses gosses qui étaient grands. Il y a plein de familles qui sont en surpeuplement à dix dans un F5. Si tu leur donnes un F8 ou deux logements, ça fait des loyers énormes, et ils ne gagnent pas trente mille francs par mois ! Donc avec des aides, on fait en sorte que les filles aient un appartement F3 ou un F2, mais les organismes de logement ne veulent pas avoir le même type de famille, ils veulent faire la mixité.

Mais la mixité tu sais pourquoi ils veulent la faire ? C'est pour faire dégager les Arabes, parce qu'ils veulent garder une population qui paie... »

Reste alors à l'individu à se débrouiller par ses seuls moyens et à chercher un logement tout seul. Dans les appartements familiaux trop étroits, l'individu n'a pas sa place. On vit ensemble, les uns sur les autres, on dort à plusieurs dans une chambre, on ne dispose que d'une salle de bain, d'un W-C. Quand on sait combien l'espace de vie des hommes et des femmes sont disjoints dans la culture des familles immigrées, on mesure l'ampleur des désastres qui se produisent dans l'occupation de l'espace. L'exiguïté tue l'intimité et sape les fondements culturels sur lesquels l'unité de la famille est bâtie : elle provoque des conflits entre ses membres, et au total, fait perdre au père sa dignité. C'est en effet sur lui que repose la responsabilité de l'honneur de ses filles et de sa femme : il doit les loger dignement. Si l'étroitesse du logement lui interdit de remplir ce rôle, il sera réduit à un *statut de pauvre* et ne pourra dès lors pas empêcher ses enfants de prendre leurs distances.

L'exiguïté du logement est telle que dans le *dedans*, l'individu n'a guère de possibilité de s'approprier un espace intime pour regarder un film à la télévision, faire ses devoirs scolaires, téléphoner, écouter de la musique, lire. Tant qu'il n'a pas connu d'autres conditions de vie, il peut s'y adapter plus ou moins durablement au prix de quelques sacrifices. Cependant, dès lors qu'il a voyagé au pays « des autres », qu'il a pu observer leur cadre de vie, par exemple celui des copains de classe qui ont une chambre personnelle, un espace privé, deux salles de bain dans leur maison... il aspire inévitablement à une amélioration de sa situation. Cette incursion chez les autres lui donne la possibilité de relativiser sa propre condition, de s'affranchir des effets négatifs de la surpopulation existant au sein de sa famille et de l'étroitesse de son logement. Voilà pourquoi dans ces familles nombreuses, c'est *dehors* que les dérouilleurs vont chercher un espace de respiration intime. Tahar : « Je voulais absolument me casser pour mieux réfléchir... être seul ! Tu peux pas réfléchir correctement chez toi quand tu es une famille de dix enfants. Faut laisser la place aux autres, les chambres, tout ça... Donc il faut bouger... J'avais vingt-et-un ans, je suis parti. Je me suis dit, si je reste là, je vais mal tourner... j'ai eu un déclic, je suis parti. »

La pression parentale

Il n'y a pas que l'étroitesse du logement qui est pesante pour l'individu. S'il vit dans une famille où le père est absent, l'obligation qui lui est faite d'assumer des responsabilités d'adulte crée chez lui un besoin de prendre le large. Souvenons-nous d'Aïcha. Sa mère a eu des déboires avec son époux, ses deux frères et ses deux sœurs ont été contraints de réussir leur scolarité pour assurer la survie du groupe, et cette charge les a précipités dans le monde des adultes. Sans père pendant plusieurs années, la famille de la jeune fille a vécu sur un mode clanique afin de se protéger. Le fils aîné, élève brillant, a dû « jouer au papa » et stimuler l'attention de ses frères et sœurs quant à l'importance de l'école... jusqu'à la rupture d'Aïcha. La surprotection maternelle et la présence étouffante du frère aîné ont déclenché chez elle un besoin d'émancipation irrépressible. À dix-neuf ans, elle quitte le domicile familial pour aller étudier à l'université de Nantes, avec son frère, alors élève dans une école de commerce. Ils vivent dans des chambres universitaires, voisins mais indépendants l'un de l'autre. Aïcha : « J'avais envie de partir, le milieu familial devenait étouffant. Je me disais que maintenant il fallait vraiment que j'apprenne à me connaître, à savoir qui j'étais. J'avais l'impression de ne pas avoir de personnalité. Il m'était impossible d'avoir du recul par rapport à moi-même. Quand je parlais, j'avais l'impression que c'était toute la famille qui parlait en même temps, c'était un cauchemar... »

Arrivée à Nantes, les contradictions de la jeune fille entre aspirations individuelles et aspirations familiales éclatent. Les relations avec son frère aîné se détériorent rapidement, lui, obsédé par sa mission de sauvetage familial, elle, ressentant le besoin vital de se retrouver. « J'ai déboulé à Nantes, livrée à moi-même, et là, c'était à la fois extraordinaire et terrifiant, il n'y avait plus de limites. C'était terrible, comment savoir qui j'étais ? Avec mon frère, ça s'est très mal passé : il ne comprenait pas que je puisse avoir des amis. Pour lui, il fallait rester ce clan très soudé. Il n'était pas tyrannique, loin de là, mais pour lui, il y avait un chemin tracé pour moi et il ne fallait pas m'en écarter, nous étions d'une même famille. Mais ce n'est pas parce que j'avais des amis à la fac, avec lesquels je discutais, qui m'apprenaient aussi beaucoup sur moi-même, qui me donnaient un point de vue sur la manière dont ils pouvaient me percevoir, que je ne l'aimais plus. Ça, mon frère ne l'a pas compris. Ça c'est très mal passé. J'ai même pas voulu passer mes examens... » Elle a craqué psychologiquement et a dû rentrer dans sa cité du sud de la France, chez sa mère. Plus tard, après une période de turbulences, elle retrouve un nouvel équilibre et poursuit ses études à Toulouse, pas très loin de chez elle, comme elle dit. Pour elle, c'est une renaissance. Cette fois, elle part seule et après quelque temps d'adaptation, trouve ses repères personnels, l'activité professionnelle qui lui convient et ses propres amis. Le sens de sa vie.

Je contre tous

Par conséquent, le dérouilleur a un rude combat à livrer : c'est une question de survie personnelle. Dans les familles d'origine maghrébine, la rupture culturelle la plus violente est donc celle de l'arrachement entre l'individu et les siens, entre le *je* et le *nous*. Ce combat des limites est aussi une joute entre *le dedans* et *le dehors*. Il est particulièrement difficile pour les garçons en position d'aînés ou pour ceux qui n'ont pas de frères. Mais il est encore plus redoutable pour les filles. Pour elles, en effet, l'expression de leur individualité débouche souvent sur un conflit ouvert avec le père. Kalima, médecin : « De toute façon, dès l'âge de quinze-seize ans, je savais que ça finirait forcément en conflit, parce que vu les idées de mes parents, ce n'était pas possible. Moi, à quinze ans, je voulais tout sauf me marier et avoir des enfants. Être reconnues en tant qu'individus est le souhait de beaucoup de filles dans notre situation. Mes parents ont toujours dit : "*chez nous* c'est comme ci, c'est comme ça !" Pour moi, le *chez nous* n'avait pas de sens ; c'est pas "*chez nous*", c'est "*moi je*" : moi je veux vivre cette vie... J'ai toujours été très individualiste, en fait. Je pense que c'est ce qui m'a sauvée. Quand on n'est pas individualiste dans ce genre de famille, on se fait bouffer, et on ne s'épanouit jamais, parce qu'on est toujours torturé par le désir de ne pas blesser ses parents. Or, à un certain moment, on est des individus, on a besoin de s'épanouir en tant qu'individu… J'ai toujours été celle qui se révoltait le plus à la maison en disant "non, moi je ne veux pas que vous ayez un schéma de vie pour moi, moi je suis comme ça". Tant que ce n'était que des mots, ça allait. Simplement, ils ne m'en croyaient pas capable. Bien qu'aimant mes parents, j'étais capable de m'en passer, je leur ai fait comprendre, parce que j'avais un boulot, aussi. J'ai fait mes études en travaillant donc j'étais indépendante financièrement… »

Pour Kalima, l'émancipation sociale va de pair avec l'émancipation économique. Dès l'instant où une fille travaille, gagne son propre argent, le regard qu'on porte sur elle est conditionné par ses performances dans la société, par le statut qu'elle a su conquérir dans le monde extérieur et non plus par sa condition de femme. En fait, pour le dérouilleur, l'objectif en jouant hors-jeu c'est d'engranger de nouveaux éléments identificateurs lui permettant de laisser éclore sa personnalité beaucoup plus facilement que dans l'espace du *dedans, chez les siens*. Ces ruptures sont très violentes psychologiquement, seule une forte détermination du dérouilleur peut les surmonter.

Je contre les pairs

La nouvelle vie entraîne presque inéluctablement un divorce avec les copains d'enfance du quartier. Quand le dérouilleur a partagé avec eux des moments intenses, que les souvenirs sont encore frais, la rupture est d'autant plus difficile à vivre qu'elle ressemble à un « lâchage » de ceux qui lui ont été chers à un moment donné. Dans de nombreuses interviews données à la presse à l'occasion de la sortie de son nouvel album au printemps 2001, le jeune chanteur d'origine algérienne Faudel expliquait qu'il avait dédié la chanson *Mantes-la-Jolie*, à ses copains qui lui reprochaient d'avoir pris la grosse tête. « À tous mes amis de mon quartier, je n'ai pas changé, juste évolué. » Alors que l'amélioration de ses conditions de vie lui avait permis de quitter sa cité et d'aller vivre dans une commune plus chic, il se targue aujourd'hui d'être revenu habiter « à côté de Mantes... Je vois toujours mes potes là-bas, je prends toujours mon café au même endroit le matin et je fais mes courses comme tout le monde dans un petit supermarché du coin. » Plusieurs interviews du comédien Djamel Debouze, enfant de Trappes d'origine marocaine, faisaient état des mêmes inquiétudes du dérouilleur qui réussit vis-à-vis des siens. Il se sent coupable d'avoir changé, se déculpabilise par des déclarations d'allégeance, tout en sachant très bien qu'il n'est plus comme avant du simple fait qu'il n'est plus *vu* comme avant. La confusion est grande, mais l'acception que la rupture est consommée incontournable.

Au final, rares sont les dérouilleurs qui regrettent de s'être écartés de ce qu'ils ont vécu et de ce qu'ils étaient avant. Ils n'éprouvent guère de nostalgie malgré le souvenir des années passées dans la cité, de ces moments forts de l'adolescence passés avec la bande de copains, ces témoignages d'une symbiose réconfortante entre l'individu et les siens.

Avec le recul, ils sont fiers d'avoir trouvé leur distance personnelle et confirment le piège qui les menaçait : l'étouffement de la personnalité par la bande, le repli du groupe sur le territoire, la paranoïa qui germe sur cet isolement. Un témoin raconte ainsi que lorsqu'il habitait encore dans sa cité, il suivait les débats télévisés rassemblant des leaders de SOS Racisme sur la question des discriminations à l'emploi. Il était convaincu qu'il ne trouverait jamais de travail en France à cause de ses origines maghrébines et banlieusardes ! Il avait alors tiré la conclusion qu'il était vain de commencer à en chercher.

Avec l'expérience de la distance personnelle, certains dérouilleurs acceptent difficilement l'inertie qui fige aujourd'hui les jeunes des quartiers ainsi que leur promptitude à jouer les victimes de la société. Samir : « Parfois, je suis dégoûté pour certains de mes potes d'avant, parce qu'on dirait qu'ils sont murés et qu'ils font partie du décor, alors qu'ils auraient pu faire plein de choses : ils auraient pu bouger, comme moi. Je ne suis pas un modèle, mais je crois que si tu veux te sortir de tes habitudes, si tu es trop coincé dans ton truc, il vaut mieux que tu te foutes un gros coup de pompe au cul et que tu te bouges ailleurs que dans ton quartier ou ta ville, parce que Saint-Étienne, si tu regardes, c'est un quartier à lui tout seul. Cette ville, elle sert à rien du tout : pas de boulot, pas de loisirs, rien de rien à part le centre commercial Centre 2 et la grande rue, mais t'as vite fait le tour. Alors faut bouger pendant que tu es jeune, il faut partir voir ailleurs, quitte à revenir après. Au moins tu te diras que tu as essayé, t'es pas resté sans rien foutre dans ton coin… »

Un autre dérouilleur raconte que lorsqu'il retourne dans son quartier, il trouve deux types de groupes parmi ses anciens amis : ceux qu'on ne voit plus, qui se sont mariés ou qui ont disparu du décor sans laisser d'adresse, et ceux qui sont restés *scotchés* au quartier. En les revoyant douze ans plus tard, il a l'impression qu'il les a quittés hier. Après avoir échangé les banalités d'usage sur leur santé respective, ils parlent un peu football, puis « bagnole ». Puis leur conversation s'effiloche, l'échange est terminé, impossible d'aller plus loin. Manque de matière : dérouilleurs et rouilleurs vivent dans le même pays mais plus dans le même monde. Ils ne disposent plus de la source leur permettant de fabriquer une histoire en commun, comme au temps de leur adolescence. Les destins se sont séparés.

Pour les garçons, une des ruptures les plus douloureuses à réaliser concerne la bande, car c'est le lieu naturel, immédiat, spontané de la socialisation. Tahar : « Dans le quartier, on descendait, on jouait au foot sur le terrain carré, on traînait, on allait à la patinoire en bande, on faisait des conneries en bande, même si tu n'es pas un mec à faire des conneries, quand tu es en bande, tu fais des conneries avec les autres, tu suis le mouvement... »

La bande a un puissant effet d'entraînement sur l'individu, irrésistible, anesthésiant. C'est seulement une fois qu'il s'en est libéré que le dérouilleur réalise son mode de fonctionnement. Fouad : « Ils sont toujours ensemble, comme s'ils voulaient se protéger. D'ailleurs, quand ils vont en ville à Nîmes ou à Montpellier, ils y vont ensemble et ça fait peur, le groupe fait peur. Sur la place de la Comédie, je vois les potes débarquer en bandes, ils ne sont pas individuels, ils n'ont pas de mentalité individuelle. Moi, je n'ai rien de différent des autres jeunes de la cité, ce sont mes potes, mais eux sont restés, ils se disent victimes... de quoi ? Je ne sais pas... »

Se libérer de la bande ne se fait pas sans difficulté. Les dérouilleurs qui sont passés chez les gens d'en face font l'objet de rumeurs, voire d'agressions de la part de ceux qui n'ont pas bougé ; la jalousie est souvent à l'origine de violents rejets. Et, au bout du compte, les dérouilleurs deviennent doublement étrangers : chez les leurs, ils ont perdu leur place. Le fait d'avoir accédé à un emploi privilégié – c'est surtout vrai pour ceux qui ont intégré des structures politiques municipales ou nationales –, les rend automatiquement suspects aux yeux de ceux qui sont restés scotchés à la même place. Cette exclusion est toujours mal vécue par certains dérouilleurs, même s'ils ont appris à s'immuniser contre ces attaques personnelles. Se faire cracher à la figure par des gens de sa propre communauté parce qu'on est dans un parti politique différent, se faire traiter de « Français » parce qu'on étudie à l'université, de « pute » parce qu'on est partie habiter seule, *d'Ali la France* quand on travaille à la mairie... sont des agressions que beaucoup ont subies en s'engageant dans les affaires publiques, ou tout simplement en allant faire leur vie ailleurs. Fouad : « J'ai habité aux Bosquets sans interruption de 1986 à 1999 et depuis la rentrée 1999, je n'y retourne que les fins de semaine. J'ai de drôles d'impressions car il me semble à la fois que je n'y vis plus mais que j'y vis encore puisque j'y reviens tous les week-ends pour voir mes parents et mes frères et sœurs, mais aussi pour les copains qui, eux, sont restés. Quand je reviens, c'est ici que je me sens exclu. Certains copains me disent que je fais “le Français”, alors je subis car je n’ai pas envie d’avoir de problèmes. J’aimerais bien que mes parents puissent partir de là. Mes potes me regardent bizarrement quand je reviens. Personnellement je ne vois pas en quoi “je fais le Français”, j’ai simplement envie d’avoir un job qui me plaît, alors j’étudie et j’annonce souvent aux potes qui me cherchent que je fais tout ça pour moi. Plus tard, je me dirai “tu es là où tu as voulu être” et je ne devrais rien à personne d’autre qu’à mes parents et à moi-même. J’essaie de discuter avec certains jeunes et je leur dis qu’il faut penser individuellement. »

Pourquoi la haine des siens, la *Hoggra*[28] ? Un des éléments de réponse est que la réussite du dérouilleur, son autonomisation, renvoie à ceux qui « rouillent » la réalité de leur immobilité. Selon le principe des vases communicants, l’affranchissement des uns renforce l’asservissement des autres. Voilà pourquoi, lorsqu’ils reviennent voir leurs parents, leurs amis qui vivent encore dans la cité, ceux qui ont dérouillé doivent trouver des arguments pour se justifier. Ils deviennent alors les avocats de valeurs telles que l’effort, le travail, la solidarité, le respect des parents, l’individu. C’est ce qu’essaie de faire Fouad avec ses copains qui le regardent avec suspicion depuis qu’il est passé de l’autre côté de la frontière, qu’il a traversé le périph’, ne fût-ce que pour étudier. « Faire le Français » comme on l’en accuse, signifie qu’il « a honte de sa race » ou bien qu’il cherche à être

28. Il s’agit d’un mot arabe utilisé en Algérie pour évoquer le harcèlement des autorités contre le peuple ou, plus couramment, l’usage abusif de la force contre quelqu’un de plus faible.

reconnu comme l'un des leurs par les ennemis situés de l'autre côté. En réalité, à travers les insultes, les dénégations, les attaques, la bande cherche à marquer ses frontières. Tout rapport personnel, individuel, avec le monde du dehors prend la forme d'une traîtrise. On « descend » en ville ensemble, pas seul. On se protège par le nombre. En fait, une fois passé dans le camp adverse, le dérouilleur devient un impur du simple fait de son contact avec les Autres. On pourrait presque oser la figure de « l'infidèle ». On imagine d'ores et déjà les conséquences d'une telle lecture pour une fille du groupe qui sort du cercle et va jusqu'à épouser un homme issu de l'autre côté !

En réalité, dans les quartiers sensibles, le rejet des différences fonctionne avec autant de violence qu'ailleurs. Victimes de discriminations, les discriminés produisent par réaction de nouvelles exclusions afin de consolider leur statut de victime. Et les dérouilleurs sont les boucs émissaires de ces jeux de rôle. Les témoignages sont frappants. Zoheir affirme qu'il s'est attiré de fortes inimitiés dans sa ville communiste parce qu'il n'était pas de gauche, au sens où l'entendaient ses anciens proches. Il se souvient que sa « virilité » et son honnêteté ont été invoquées par ses détracteurs pour suspecter sa réussite personnelle, comme si l'individu armé de ses seuls mérites n'avait aucune issue sociale. Aux yeux des autres, s'il a réussi c'est uniquement parce qu'il a « profité » du système en s'y incrustant, ce qui constitue déjà une forme de trahison pour ceux qui récusent toute compromission avec la société. Les dérouilleurs peinent à faire admettre que s'ils ont réussi, c'est surtout parce qu'ils ont pris des risques, qu'ils ont bataillé dur. Individuellement.

Comme Zoheir, Amor a subi des violences de la part de ses semblables parce qu'il ne s'était pas, lui non plus, aligné sur la politique locale de la gauche. À partir de 1992, il est entré dans une logique de remise en cause du traitement des questions de banlieue par la gauche, et aux élections de 1995 il s'est porté candidat sur une liste d'opposition de droite au maire socialiste. Conscient de la défaite annoncée, son intention était de provoquer le pouvoir en place. Il se souvient encore des crachats que lui lançaient les membres de sa communauté lors de la distribution de tracts sur les marchés. Amer, il lâche : « On a un manque d'éducation terrible... »

Salim non plus n'a guère échappé aux sarcasmes. Il reconnaît s'être fait des ennemis parmi ceux de son origine. « Imagine : un politique ! Avec tout ce que cela a de péjoratif dans l'esprit des gens des quartiers populaires ! Bien sûr, il y en a qui me jalousent, qui pensent que j'ai fait ça pour moi, que je joue une carte personnelle... mais est-ce qu'il s'agit de tirer ta légitimité de l'endroit d'où tu viens ? Le problème n'est pas là. Moi je ne cherche pas la légitimité d'après mes origines, mais au nom des valeurs que je défends. Je ne suis pas un représentant de la communauté maghrébine... »

Malgré ces déclarations légitimes qui vantent les mérites de celui qui les prononce, dans certains métiers, il existe une réelle ambiguïté sur l'origine du dérouilleur. En effet, au niveau politique, l'origine territoriale (la banlieue) et/ou ethnique (un enfant d'immigrés) influence souvent les recrutements et brouille inévitablement les repères de la personne qui revendique une identité professionnelle au nom de ses seuls mérites. Et lorsqu'on signale cette apparente contradiction à Salim, il invoque le droit au changement d'opinion et au déplacement de point de vue, au sens littéral du terme. Salim : « Après, les horizons s'ouvrent, tu voyages, tu rencontres des gens, tu te dis que tu peux parler d'autre chose, et c'est là que tu te demandes pourquoi tu continuerais à t'enfermer dans les problèmes des jeunes ? D'accord, c'est mon histoire, ma richesse, mais est-ce que je ne peux pas m'étoffer, faire plus que ça ? La légitimité, si je l'ai chez ces gens-là, c'est très bien, c'est qu'ils ont compris, mais si je ne l'ai pas, tant pis, je garde mon combat, mais d'une manière large. Aujourd'hui, il y a un débat sur l'Europe, j'ai envie d'en faire partie, moi. Car ça ne concerne pas directement mais indirectement les gens des quartiers. Être le représentant des quartiers défavorisés, des Maghrébins, c'est fini, c'est dépassé. Il faut prendre en compte le fait qu'il y a des Karim, des Mohamed, des Fatima qui font de la politique, au nom de projets qui dépassent le cadre des quartiers populaires... »

Il est très difficile aujourd'hui pour ces dérouilleurs engagés en politique de se faire à la fois accepter par les membres de leur groupe, en qualité de leaders, et de conserver une légitimité lorsqu'ils ont intégré une équipe municipale, un parti politique ou une association. Les attaques dont ils font l'objet sont d'abord à caractère personnel et tentent toujours de leur rappeler leurs origines, ce dont nos interlocuteurs essaient justement de se défendre. Ils sont porteurs de changement et victimes à la fois. Salim exprime fort bien son évolution, depuis ses thèses sur les jeunes des quartiers jusqu'à celles concernant l'Europe : le registre de la revendication des banlieues n'est qu'une étape dans son cheminement personnel. Il invoque le droit au changement. Pourquoi n'aurait-il pas lui aussi cette liberté ? Parce qu'il vient de la banlieue ? Parce qu'il est membre d'une minorité ?

Concernant le rappel des origines, une autre difficulté importante mérite d'être signalée. Le dérouilleur qui accède à un poste à responsabilités dans le secteur public ne pourra éviter de recevoir des sollicitations privées qui le mettront en porte-à-faux vis-à-vis des siens (distance ethnique), alors qu'il doit justement garder une certaine distance technique[29]. Dans ces situations, le dérouilleur se voit enfermé dans un *double bind*, une double contrainte, une confusion entre sa vie privée et sa vie publique dans laquelle s'infiltrent les jeunes de quartiers. Ali : « On sent chez eux un peu de fierté de savoir qu'il y en a un (de "chez nous") qui marche à côté du maire dans la ville, mais en même temps une colère, parce qu'ils ne comprennent pas pourquoi pas eux. De plus, le rapport n'est pas détendu. Il se décline toujours sur le mode revendicatif : "Oui, mais toi t'es à la mairie, tu ne peux pas trouver un logement pour machin ? Toi t'es à la mairie, comment ça se fait que lui a été embauché et pas machin ? Toi t'es à

29. Nous avons déjà rencontré ce genre de confusion dans les métiers de médiation des transports collectifs urbains. *Cf.* Azouz Begag, *Du bon usage de la distance chez les Sauvageons*, Le Seuil, collection Point-Virgule, 1999.

la mairie, pourquoi ils sont allés chercher un mec à Paris pour le boulot et pas… ?" C'est en permanence, même quand on fait le marché le dimanche. C'est pour ça que si parfois j'accompagne ma mère dans des fêtes, des baptêmes ou des mariages, parfois j'hésite, parce que ça va forcément resurgir à un moment ou à un autre. Y a une espèce d'impudeur aussi… »

Dès qu'il a un poste à responsabilités, le dérouilleur se voit par conséquent dénié le droit d'agir en tant qu'individu. Il est sollicité de toutes parts, que ce soient des demandes communautaires ou des renvois d'ascenseur envers les siens, même s'il s'agit de personnes qui n'ont jamais participé à son ascension sociale. Cette tentative de corruption est soutenue par l'argument selon lequel toute la société fonctionne de cette manière et que, en conséquence, celui "de chez nous" qui ne joue pas le jeu pénaliserait de fait les siens.

S'agissant d'une femme, cette tentative de corruption est encore plus virulente et les griefs dérivent systématiquement sur des considérations misogynes. Fouzia, femme politique et ancienne élue, fait aujourd'hui avec une grande amertume le récit des attaques qu'elle a subies pendant son mandat, de la part des siens notamment. Elle trouve une explication dans la culture de l'échec que nourrissent les exclus quand ils dépassent un certain seuil de pauvreté : l'absence d'estime de soi est telle, que même au fond du gouffre, ils ont tendance à dénigrer toute personne qui leur tend la main. Fouzia : « Quand la *culture d'échec* s'impose, elle s'impose finalement à tout le monde, même à ceux qui ont réussi. Le mec arrive, il est dans la misère, il me demande un service qui change sa vie. Pendant des années j'ai fait ça. Mais le mec, le lendemain, me plante un couteau dans le dos, me traite de pute. » On comprend toute la détermination qu'il lui faut pour continuer à agir dans un tel contexte. Mais que l'on ne s'y trompe pas, c'est une règle générale. Les filles sont souvent victimes de ce genre de considérations à partir du moment où elles ont réussi à s'en sortir et à quitter le quartier dans lequel elles étouffaient.

L'écart vis-à-vis des anciens proches

Alors qu'il vit depuis plusieurs années à Annecy, Bernard revient souvent à Lyon dans le quartier de son enfance où sa famille habite toujours. Il a l'occasion de croiser ses anciens copains de bande, employés municipaux pour la plupart, et de mesurer chaque fois l'abîme qui le sépare d'eux. En fait, il avait déjà conscience de cet écart à l'adolescence quand il pratiquait des activités qui le plaçaient en porte-à-faux vis-à-vis de la bande, comme moniteur de colonies de vacances par exemple... Aujourd'hui, quand il rencontre des anciens amis, il doit encore expliquer le sens de ses études, la signification de son travail social dans les quartiers sensibles, justifier la nécessité de changer, constatant ainsi le décalage. Il dit qu'au fond ses amis n'ont couru aucun risque dans la vie en restant dans un cercle auto-protecteur, à l'instar de l'un d'eux qui vient de se marier et d'emménager dans un quartier proche de celui de son enfance, « histoire de ne pas s'éloigner ». Bernard : « Il descend de chez lui, va au club de boules, il y a tous ses copains d'enfance. Si tu y vas cet après-midi, tu les trouveras tous au bar. Ils se donnent rendez-vous, ils font des bringues ensemble, louent des maisons ensemble. Tous fonctionnaires, ils ont le privilège d'avoir eu des logements sociaux, ils habitent les uns à côté des autres, ils ont tout reconstitué dans la commune d'à côté. Pour eux, les conversations c'est toujours les vacances en Espagne, les pastis… Pour moi, c'est fini, on peut faire des aller-retours, mais le passé ne nourrit pas, c'est le présent qui nourrit. Moi, quand je les revois ils me prennent pour un intellectuel. Finalement, selon eux, je n'ai rien fait. Ils me demandent ce que j'ai besoin d'aller comprendre le monde qui nous entoure ? »

Pour ses copains qui ont suivi les cycles courts de l'Éducation nationale, il paraît incompréhensible que Bernard veuille reprendre des études universitaires après avoir travaillé pendant dix ans, qu'il se pose « encore » des questions à propos du sens de la culture, de l'école, du savoir. « Ils ne se prennent plus la tête », comme ils disent communément dans leur langage. C'est la rouille. Elle fait tourner les jeunes « en rond autour de rien », comme on l'a déjà entendu, dans la chaleur réconfortante de leur passé commun. Elle réduit le monde à la proximité, aux mêmes gestes et aux mêmes rengaines. Comme du temps de leur adolescence, les bars sont restés les lieux de rendez-vous des anciens copains de Bernard ; beaucoup sont physiquement marqués par l'alcool. Il est heureux d'être parti dans une autre ville. Le fossé s'est creusé, irrémédiablement.

Ce qui est intéressant chez Bernard, c'est que depuis qu'il s'en est sorti, qu'il en est sorti, il n'accepte plus les discours démagogiques, misérabilistes et victimaires sur les jeunes des quartiers. Beaucoup d'autres dérouilleurs partagent ce changement de point de vue. Pour eux, l'individu dispose *a priori* des ressources nécessaires pour s'en sortir, pour peu que la société atténue les obstacles – racisme, discriminations – qui vont se dresser devant lui. Ils considèrent que la diffusion de stéréotypes sur les banlieues enferme davantage les jeunes dans des logiques de repli, produisant des comportements qui correspondent à la manière dont ils sont *vus* par la société de l'autre côté[30]. Les discours des dérouilleurs placent les compétences professionnelles de l'individu au centre de la réussite sociale. Une fois qu'ils se sont soustraits à l'empreinte stigmatisante « jeune de banlieue », qu'ils ont acquis, ailleurs, une nouvelle identité fondée sur leurs mérites, ils se définissent selon de nouveaux critères, plus universels, quitte à bousculer les idées reçues. Ainsi, Amor a-t-il un jour organisé, avec des subventions publiques perçues par son association, un dîner-débat sur les problèmes de banlieue… dans un hôtel luxueux de sa ville. Et quand l'un des responsables du financement a fait remarquer ce paradoxe, il a rétorqué qu'il n'y avait pas de raison de cantonner les débats des banlieues dans des quartiers pauvres. Salim, conseiller ministériel, raconte qu'un jour il s'est rendu dans une cité où il avait rendez-vous avec des jeunes dans la voiture de fonction du préfet, conduite par un chauffeur. Il s'est posé la question de savoir s'il devait adapter son accoutrement à son environnement, ôter cravate et costume,

30. On pourra relire là encore Norbert Elias, John L. Scotson, *Logiques de l'exclusion*, Fayard, 1997.

abandonner voiture et chauffeur, afin de ne pas choquer ses hôtes et donner ainsi une image artificielle de lui-même. Finalement, il a réglé le dilemme en tranchant en faveur du respect de sa fonction. Salim : « J'ai dit non, après tout, je suis conseiller du ministre, la République elle marche aussi pour moi, il y a un chauffeur pour les autres, pourquoi pas pour moi ? Pourquoi j'enlèverais ma cravate ? Faut qu'ils s'y fassent ! On ne va pas tous s'habiller en Lacoste et arriver à pied ou à vélo, non ? Alors j'ai dit au revoir au chauffeur du préfet pendant que les jeunes me regardaient. Faut qu'ils évoluent, les gars ! Cacher la Safrane ne leur rend pas service. »

Au bout du compte, une fois la rupture avec les codes consommée, le dérouilleur finit par assumer son nouvel équilibre et les liens d'allégeance avec les siens ne sont plus sources de perturbation. C'est également le cas de Faema, en contact permanent avec des acheteurs du monde entier pour un grand couturier parisien et qui s'est habituée à vivre dans l'exigence de la qualité. C'est aussi celui de nombre d'artistes du monde du sport, du cinéma, de la musique... d'origine immigrée, issus des quartiers et libérés de toute mauvaise conscience par rapport à l'argent qu'ils gagnent, malgré les nuances évoquées précédemment concernant le chanteur Faudel et le comédien Jamel Debouze, du fait de leur jeune âge. Pour les quadragénaires, le passage et le changement se sont produits avec plus ou moins de vicissitudes. Ils se sont établis au sein du système à titre individuel, qu'ils aient ou non envie après coup de plaider la cause des jeunes des quartiers dont ils sont issus.

Distance fraternelle

Sortir du cercle, c'est rompre avec son milieu. Après les anciens copains du quartier, comment les relations entre frères et sœurs ont-elles influencé la trajectoire du dérouilleur, *a fortiori* s'il est l'aîné, et comment ont-elles évolué après sa sortie ?

Les réponses à ces questions peuvent être classées selon trois cas de figure. Le premier montre une rupture quasi totale du dérouilleur avec ses frères et sœurs, puis une reprise de relations une fois construite sa distance personnelle. Le second montre plutôt ses relations équilibrées avec les membres de la famille et une harmonie ayant assuré une trajectoire personnelle sans à-coups. Le troisième cas est celui où il y a eu désunion définitive sans reprise de contact.

Dans les trois cas, il est clair que le rapport du dérouilleur *aux autres* est en partie déterminé par les relations qu'il entretient avec *les siens*. Autrement dit, les relations avec *le dehors* sont tributaires de celles entretenues avec *le dedans*.

Rupture puis retour

Chez le dérouilleur, on découvre après des années d'éloignement un besoin de retrouver les siens et de ressouder les liens familiaux, une fois construite la distance personnelle. Zoheir : « Avec mes frères, pour la première fois, on a décidé de louer une baraque et de passer des vacances ensemble. Pour la première fois, on va en Bretagne. On ne peut pas emmener ma mère. Elle n'est jamais partie en vacances... » Quand l'individu s'est construit à distance, seul ou avec un soutien psychologique, le retour vers les frères et sœurs répond à une demande de reconsidération des « trous » identitaires creusés par les ruptures, la question de la langue maternelle que l'on a apprise ou non par exemple, et aux questions fondamentales que la sortie a éludées. Ainsi, pour Faema, la question des racines resurgit aujourd'hui sous la forme de la transmission culturelle à ses deux enfants dont le père est français. La connaissance de l'autre partie de leur identité familiale qu'elle souhaitait leur apporter l'a amenée à renouer des liens avec ses frères et sœurs installés à Paris. Cette recherche est surtout de son fait, pas celui de ses sœurs qui ont souhaité arracher définitivement leurs racines dès qu'elles ont quitté le domicile familial de la banlieue lyonnaise. À présent, pendant les anniversaires et les fêtes de fin d'année, Faema les réunit tous chez elle pour retisser des liens de fraternité.

Sans rupture

Après coup, il est fréquent que le dérouilleur une fois parti tente d'entraîner dans son sillage quelques-uns des membres de sa fratrie. Pour jouer le rôle d'ascenseur social.

Tahar fait la fierté de ses proches depuis qu'il est allé gagner sa vie à Paris. Son éloignement n'a pas entamé l'affection qu'il voue aux siens, au contraire. En fait, en extrapolant, on constate que dans les quartiers de banlieue situés en province, le départ d'un frère ou d'une sœur « monté » à Paris est très valorisant pour l'ensemble de la famille. C'est un symbole de réussite, et la mobilité, je le répète, est celui de la modernité. En effet, le rapport à la capitale suscite un sentiment confus, entre rejet et attirance, sentiment tel que ceux restés dans le quartier sont fiers de celui qui a eu le courage de faire le voyage. La charge symbolique est forte, comme si un double mouvement s'était produit, une immigration dans l'immigration, comme si ces enfants d'immigrés qui s'exilaient à leur tour réveillaient les souffrances de la séparation. Parallèlement, celui qui s'est exilé a le sentiment de s'acquitter de sa dette vis-à-vis de ses parents et de jouer son rôle d'adulte pourvoyeur de revenus pour eux. Ainsi Tahar a-t-il continué à prodiguer à distance de bons conseils à ses quatre sœurs. Tahar : « Je suis respecté à la maison. J'ai été dur avec mes sœurs. Aujourd'hui elles le reconnaissent, elles disent "heureusement que Tahar était là, sinon on aurait fini salopes". Je leur disais : "Vous faites ce que vous voulez, mais si le jour du mariage vous nous ramenez la honte, attention. L'école, attention ! Et la cigarette..." ; elles sont aujourd'hui mariées, sauf une. Chez moi il reste deux garçons, l'un est en prison et l'autre travaille en intérim. Il avait passé dix ans en prison. »

Tahar est loin, mais il garde un œil sur ses sœurs, il veille sur leur honneur.

Depuis qu'il est à Paris, il essaie d'y attirer son jeune frère pour le faire travailler, bouger, avec lui. Aïcha a fait venir sa sœur à Cannes où elle a trouvé du travail et subvient à ses besoins. De nombreux témoignages relatent l'aide apportée par le dérouilleur à ses proches restés dans le quartier. Dans un cas, un frère a passé des examens pour un autre, afin qu'il obtienne ses diplômes pour un travail d'animateur social ; dans d'autres, des réseaux de relations sont mis à profit pour l'entraide dans la fratrie... En somme, le dérouilleur se sent souvent redevable envers les siens, même après son éloignement.

Dans la famille de Yazid, les sept frères et sœurs sont restés proches les uns des autres malgré l'éloignement géographique. En fait, les liens ont toujours été solides dans cette famille unie qui n'a pas hésité à se mobiliser il y a une dizaine d'années pour tirer le jeune homme d'une mauvaise passe[31]. Faisant ainsi partie d'une famille qui bouge (un frère dans les Dom-Tom) et qui se bouge pour les autres dans le secteur social, il a gardé ces valeurs de solidarité dont il a hérité. Sa réussite individuelle ne l'a pas éloigné des préoccupations des membres de sa communauté au sens large. Il est aujourd'hui « engagé » professionnellement sur les problématiques des quartiers et défend l'idée qu'il faut créer les conditions permettant aux jeunes d'œuvrer au changement de leur image.

Dans ces cas où le dérouilleur n'a pas rompu avec ses frères et sœurs, les motivations et stimulations dont il a bénéficié ont beaucoup compté dans la construction de sa distance personnelle. Les frères et sœurs ont fait bloc autour de la personne en train de muer, en allumant des repères fixes pour accompagner sa sortie, le guider.

Sans retour

Le troisième cas de figure est celui de la rupture sans retour. Celui, par exemple, des filles qui ont rompu brutalement et définitivement avec les leurs du fait des conflits familiaux (misogynie,

31. *Cf. Repris de justesse*, *op. cit.*

mauvaise réputation dans le quartier, violence des frères, du père, etc.) et ont choisi un partenaire extérieur au groupe. Dans ce cas, la sortie s'est traduite par le deuil du père, mais la plupart du temps par un maintien des contacts avec la mère.

Un autre cas est celui du dérouilleur qui, une fois sorti du cercle, s'est construit une distance personnelle autour de valeurs universelles tellement profondes qu'il en a refoulé toute filiation avec sa famille, ses parents, sa culture originelle, sa langue maternelle, son pays d'origine, sa communauté… Ce refoulement peut naître d'un refus, d'un déni de l'histoire de la pauvreté des parents, de la douleur de leur exil, toute chose qui pousse le dérouilleur à l'amnésie de son héritage culturel pour se protéger et éviter d'être contaminé par la culture de l'échec. Il se retrouvera parmi les fervents défenseurs de la notion de citoyen, de laïcité, de république, et sera un ardent pourfendeur de toute forme de communautarisme ethnique dans la société française. Brahim, responsable associatif : « Tant mieux s'il y a des jeunes qui me ressemblent ou des petits frères considérant que je peux être un exemple pour eux, que je leur donne des points de repère. Bien évidemment j'ai conscience de ça. Mais je ne suis pas un porte-parole. J'ai évolué en tant qu'individu. Je ne me suis pas senti une sorte d'ambassadeur d'un groupe ou d'un collectif, d'une identité ou d'une histoire. Je pense que c'est pour ça que je n'ai pas rencontré les obstacles que d'autres ont connus qui se sont trop pris la tête, comme on le dit dans le langage populaire. Et quand on se prend trop la tête et qu'on fait trop de calcul, à la fin, on se crée ses propres obstacles. »

Chez Bernard, la prise de conscience personnelle et la distance qui va avec se sont révélées si précocement qu'il s'est rapidement trouvé en décalage par rapport à ses frères et sœurs restés dans le quartier. L'un de ses frères est policier, l'autre directeur d'une entreprise de taxis ; pour lui, leur réussite professionnelle ne compense pas le manque de perspective de leur vie personnelle et sociale. En effet, sa propre sortie du cercle lui donne la possibilité de porter un regard critique sur les itinéraires de ses frères et sœurs. Lui qui depuis dix ans travaille dans le secteur social pour ouvrir les horizons des enfants des quartiers, réalise avec amertume l'aliénation de ses frères et sœurs dans la société de consommation. Il lui semble qu'ils ont subi passivement leur vie, n'ont vécu aucun changement, comme ses amis d'enfance, du reste. Aujourd'hui, de quoi peuvent-ils parler lorsqu'ils se retrouvent en famille alors qu'ils ne vivent plus dans les mêmes mondes ? Bernard : « Quand je vois mes frères : “T'as vu la nouvelle Mazda qui vient de sortir ?” Eux subissent la société de consommation de plein fouet, parce qu'ils souffrent de ne pouvoir comprendre que la consommation est un piège, que ça ne conduit pas à l'émancipation. Quand ils me demandent des conseils, qu'est-ce que tu veux que je leur dise ? Je ne prétends pas être au-dessus d'eux, mais moi, je vois à peu près ce qui se passe dans ce monde, je peux agir, je peux écrire des chansons, ne pas subir constamment. C'est ça, réussir : pouvoir changer les choses. Mon frère est rentré chez les flics, fonctionnaire, mais il ne comprend rien à ce qui se passe. Il est content quand il a fait une petite prise de stups, mais moi je lui dis : “Qu'est-ce que tu en as à foutre, du shit !" Il dit que dès qu'il a bouclé son affaire, il la confie au "proc" et qu'il a fait son boulot. Il a quarante-deux ans. Il est aigri. Il est entré chez les flics il y a dix-sept ans, il avait commencé à l'armée. Il y en a plein le quartier qui ont fait comme ça, cantonnier ou flic. »

Ils ont suivi les traces de leurs parents. Leur vie n'apporte nulle surprise parce qu'ils n'ont pris aucun risque. Rien n'est inattendu dans leur trajectoire. Tout est programmé. Voilà pourquoi Bernard n'a pas pu « revenir ». Il est ailleurs.

* Il y a – risque à n'être que flic

Rupture et choix du conjoint

Après les copains du quartier et les frères et sœurs, il était intéressant de connaître dans l'examen des trajectoires des dérouilleurs les choix du conjoint. Quand on a dérouillé, épouse-t-on de préférence quelqu'un de chez soi ou quelqu'un de chez eux ? *A priori*, on pouvait supposer que les individus avaient des traits psychologiques qui les prédisposaient à une union exogame. *A posteriori*, cette idée est vérifiée par nos enquêtes, surtout pour les filles.

Union exogame

Parfois, pour les garçons, c'est la rencontre avec une compagne d'origine française qui a déclenché le départ du quartier. Quand cela n'a pas été le cas, la sortie du cercle saisie comme rupture avec le semblable, penchant pour le goût des autres, s'est souvent traduite par une union exogame, malgré les résistances familiales. Samir : « Mon père n'était pas d'accord pour que je vive avec une

Française, mais qu'est-ce que tu veux, c'est comme ça la vie, tu choisis pas sur qui tu vas tomber… Ça te tombe dessus comme ça et toi tu assumes ou pas. Moi j'ai assumé d'être avec une Française parce que franchement je l'aimais et je savais que j'allais faire quelque chose avec elle. Alors j'ai décidé de vivre avec elle dès que je suis venu à Lyon. Ça faisait quand même quatre ans qu'on était ensemble avant de s'installer là-bas. Ça fait presque dix ans, ça c'est une preuve d'amour… Tu vois, quand t'es pas tout seul à vivre, la vie est deux fois moins lourde à porter… Moi avec elle, je suis toujours en train de me dire que si elle n'était pas là je ne serais rien, je serais peut-être resté dans mon quartier à rouiller sur les murs et à préparer des coups malsains… »

L'union avec une compagne française, alors que le dérouilleur habitait encore dans la cité, a constitué un tournant dans sa trajectoire urbaine et sociale. Elle va servir de relais pour amorcer et guider sa sortie hors de ses limites. Ainsi, quand il faudra rechercher un appartement à louer, c'est elle qui fera les démarches afin d'éviter les discriminations raciales susceptibles de pénaliser l'autre.

Si le choix exogamique d'un partenaire est rarement un élément de rupture supplémentaire entre le garçon et sa famille, il l'est en revanche presque toujours dans le cas des filles. Ces dernières, en effet, lorsqu'elles ont connu une enfance difficile avec leurs parents, épousent généralement un conjoint de l'extérieur après s'être enfuies de leur milieu familial, perdant du même coup un père. Mais, pour nuancer un peu cette équation, il faut garder en mémoire le cas de celles qui se sont libérées très tôt de la tutelle familiale par leur force de caractère, qui bénéficiaient d'une grande affection paternelle et n'ont pas rompu avec lui, même après une union exogame, ce dernier ayant respecté leur choix personnel[32]. Autant dire qu'il faut se garder de toute généralisation hâtive en ce domaine en affirmant que psychologie (du père, de la fille...) et histoire singulière de la famille expliquent largement la nature des mariages. Au sein des familles immigrées, quand les parents ont un sens aigu de la tolérance, du respect des choix de leur fille à vivre sa différence, alors ils acceptent son individualité.

Le choix du conjoint est une question sensible dans la dynamique identitaire du dérouilleur, sauf s'il se définit comme un individu dégagé de ses origines ou sans « obligation d'origine ». En effet, il y a des dérouilleurs pour qui l'origine ethnique ou religieuse du conjoint n'entre absolument pas en compte dans leur choix. Seules ses qualités et l'harmonie du couple comptent pour sceller l'union. Au cours de l'enquête, j'ai même rencontré un cas dans lequel le jeune homme d'origine maghrébine assimilait le mariage endogame à un mariage co-sanguin, une fille d'origine maghrébine étant considérée comme une « sœur ». Brahim : « Je crois que ça vient beaucoup de l'éducation que l'on a, sexuelle, familiale, etc., et quelque part, quand je vois les Beurettes, comme on dit, c'est toujours mes petites sœurs, c'est toujours ma petite sœur

32. Dans certains cas, pour satisfaire les exigences des parents et pour ne pas créer de situations de rupture, les conjoints français se convertissent d'une manière formelle à l'Islam... la difficulté venant du fait qu'une jeune femme musulmane ne peut pas épouser un non-musulman.

et l'inverse aussi ! Mais la conversion semble – formelle –

que je vois. Je pense que les filles dans l'immigration maghrébine ont morflé et vont continuer à morfler. Très fort. Je l'ai vu avec ma propre sœur. J'ai toujours été son protecteur quand on était ensemble. Je sais ce qu'elles endurent, ce qu'elles souffrent, le chemin qu'elles mènent pour s'émanciper au sens individuel du terme... Je vois bien, quand j'entends les nanas beurettes, à quel point il y a proximité. Si je sors avec une Beurette, j'ai l'impression de tout connaître à l'avance. Voilà. Or en amour, quand on veut vivre une histoire avant tout, une certaine aventure, on n'a pas envie de tout connaître à l'avance. J'ai envie de m'enrichir. Et c'est vrai, moi je pense souvent à la filiation que je vais donner dans ce cas-là. Si on a envie de se marier ou de vivre en concubinage, quelque part, c'est la question de la descendance qui se pose. Moi j'aspire au métissage, voilà. Je pense que c'est une richesse. Je pense que c'est mieux pour moi, c'est mieux pour la femme que j'évite d'avoir avec moi. Je crois qu'elles ont la même tendance malgré tout. Même si beaucoup de mariages se font entre jeunes issus de l'immigration, moi j'en vois beaucoup qui aspirent fondamentalement au mariage mixte. Parce que le déracinement existe. On a un déracinement très très fort. Parce qu'on a un déracinement dans notre histoire, donc réel, mais aussi un déracinement social important. Si on prend toute la première génération qui a émigré et qu'on la compare à ses enfants, c'est dingue la différence de niveau de vie. Je ne sais pas comment les parents ont raconté leur jeunesse, mais la plupart ont vécu un niveau de misère très impressionnant dans les campagnes du Maghreb. Mon père m'a dit qu'ils mangeaient de l'herbe quand il y avait la disette, la famine etc. Et nous, on joue à la *play station*, on a des baskets à huit cents balles ! C'est le jour et la nuit. Évidement on est déraciné culturellement, on est déraciné socialement. C'est artificiel d'aller chercher une sorte de lien qui n'existe pas, il vaut mieux complètement assumer et reconstruire quelque chose de neuf. Et le neuf, c'est le métissage. Donc, c'est vrai que je suis sorti avec une nana beurette, j'ai arrêté, je ne suis pas allé plus loin. Je pense que c'est une tendance lourde. Ça fait partie des sujets tabous dans nos générations, on en parle peu... Mais je pense que c'est une tendance générale. Et la dernière chose, parmi les tabous qui ne se disent jamais, quand on est un jeune homme vivant en France selon les mœurs de la société française actuelle, ce sont les questions sexuelles, des questions importantes. Même si dans les jeunes générations c'est en train d'évoluer, on le voit bien, je crois que ça reste encore quelque chose de très important... Je considère qu'en tant que militant responsable, c'est mon rôle d'être en phase avec ce qui évolue. Moi je discute beaucoup avec cette troisième génération, et même quatrième génération, maintenant. Je vois à quel point ça les perturbe ces questions-là. C'est marrant, ils assument beaucoup plus leur caractère de Français que notre génération, à beaucoup de points de vue. Mais en même temps il y a des tendances lourdes. La question du tabou sexuel reste cependant très forte. Et ça fait partie des choses que l'on intègre dans ses relations fille-garçon. »

Choix endogame

L'éloignement du dérouilleur à son milieu pendant un temps peut avoir comme conséquence de réactiver la nostalgie des attaches qu'il a quittées. Ce retour de balancier identitaire génèrera des conflits dans la vie du couple exogame. Dans ces cas-là, la distance peut donc aussi provoquer une exacerbation des liens communautaires. Ainsi, Mohand a vécu successivement avec deux femmes européennes qu'il a aimées, mais depuis peu il vit avec une fille dont le père est maghrébin et la mère polonaise. Ils ont eu un enfant. Même scénario pour Amor : après avoir vécu longtemps loin de ses racines et de chez lui, il y revient à présent et partage sa vie avec une femme d'origine maghrébine.

Au moment de l'entretien, Tahar était sur le point de se séparer de sa compagne d'origine italienne avec qui il a eu deux enfants. Le fort attachement qui le relie à sa famille restée dans la banlieue lyonnaise et les conflits au sein de son couple lui font dire maintenant qu'il aurait dû suivre les conseils de sa mère quand elle lui préconisait un mariage endogame. « Maintenant, j'écoute ce que me dit ma mère. J'ai eu le coup de foudre, un gamin est né et vlan ! Puis un deuxième. Mais il n'y a pas de porc à la maison et les enfants sont circoncis ; j'ai posé mes conditions, elle a accepté... » Il se justifie ici en affirmant qu'il n'a pas totalement rompu avec sa culture d'origine puisqu'il n'a pas failli à deux obligations importantes relatives à l'absorption de viande de porc et à la circoncision des enfants. En somme, il est récupérable par sa communauté, même s'il est sorti du cercle.

La rupture avec les siens est propice à la mixité dans la formation du couple mais on croise néanmoins des dérouilleurs qui ont fait le choix spontané d'une union endogame pour des raisons de commodité. En effet, dans leur logique, la proximité culturelle limite les risques de conflits interpersonnels. C'est le cas de Salim. Son choix s'est fait de manière précoce vers l'âge de vingt ans. Il avait à ce moment-là besoin de stabilité après une longue période de mobilité professionnelle. Constatant très vite que la société stigmatisait les jeunes des banlieues, il s'est mis en tête qu'il n'allait pas essuyer d'affront supplémentaire dans sa vie de couple avec sa belle-famille ; ses tentatives de fréquentation de filles « d'origine européenne », comme il dit, ont avorté. Il a épousé une fille de même origine, issue des quartiers, satisfaisant en cela à la volonté de sa mère, son père étant indifférent. Il a aujourd'hui trois enfants en bas âge. Au moment de son choix, il s'identifiait fortement aux mouvements nationaux des jeunes des banlieues, alors qu'il en était physiquement éloigné par sa carrière de sportif. La montée du racisme en France l'a définitivement enraciné dans une identité de Français issu de l'immigration maghrébine – communauté stigmatisée.

Enfin, le cas d'Ali illustre encore l'idée qu'on peut bouger beaucoup, connaître l'expérience des franches ruptures avec les siens sans que cela soit contradictoire avec une conception conservatrice du mariage. Ali : « Je citerai une amie qui est sociologue et qui m'avait rétorqué que c'est sûrement par lâcheté, que c'était beaucoup plus facile de se marier avec une Franco-Maghrébine : on reproduisait le schéma familial, les conflits étaient tout de suite balisés. Je ne sais pas si ça répond à ça. Peut-être qu'il y a un fond de vérité. Est-ce que c'était le fait d'entendre toujours mes parents dire : " Tu te marieras avec une Algérienne, une Arabe ", ça m'a un peu conditionné, mais je sais qu'aussi loin que je puisse remonter dans mes souvenirs d'enfance, j'ai l'impression que ça a toujours été une constante dans ma façon de voir mon avenir : me marier avec une Franco-Algérienne, une Arabe dans tous les cas. Et puis sur le coup, le destin s'en est mêlé et ça s'est passé. Donc voilà. Est-ce que c'est par lâcheté, parce que j'ai eu beaucoup de relations longues avec des Françaises de souche, des relations sincères, mais je n'ai jamais envisagé le mariage avec une Française de souche. Je suis marié avec une Franco-Maghrébine qui a un peu la même histoire que moi, sans être fille de rapatriés, qui est née en Algérie et arrivée en France jeune. Ça se passe très bien. Je suis heureux, j'ai pas l'impression d'avoir fait un mauvais choix : deux enfants, une vie équilibrée, sentimentale, familiale... »

Filles cherchent maris

En ce qui concerne les unions entre jeunes de quartier de la même origine, il est clair qu'il est plus commode aujourd'hui pour un garçon que pour une fille de rencontrer un partenaire qui corresponde à ses attentes. Des entretiens, il ressort que compte tenu des problèmes des jeunes de banlieue, une fille a de fortes probabilités de rencontrer un garçon immature, dépendant de son groupe de copains ou surprotégé par son milieu familial, en premier lieu par sa mère, à l'esprit fermé car ne possédant que de faibles connaissances sur leur culture d'origine, misogyne... Voilà pourquoi elles ont tendance à chercher un partenaire ailleurs. Aïcha : « Moi j'aimerais bien avoir un époux maghrébin, ce serait génial. Parmi ceux qui sont nés en

France, il n'y en a pas beaucoup qui sont sérieux, qui n'ont pas trempé dans la drogue, l'alcool. Ils sont peu nombreux. Moi j'aimerais bien avoir un époux maghrébin, je me sentirais mieux, je l'avoue, mais il n'y en a pas beaucoup qui sont tolérants, qui m'acceptent comme je suis, avec mes faiblesses de "Beurette" coupée d'une partie de ses racines… »

Cette fuite des filles des quartiers constituerait ainsi une source de problèmes importants pour les garçons, aggravant le déficit de reconnaissance affective dont ils souffrent déjà, aussi bien dans leur espace privé, en particulier familial, que dans l'espace public, soumis aux discriminations. En réaction, ils développent des comportements misogynes et une rancœur contre le monde extérieur qui les enferment toujours plus dans la paranoïa.

Ruptures avec le lieu

Le quartier

La situation des quartiers s'est dégradée au cours des quinze dernières années, malgré les efforts déployés par les autorités publiques pour endiguer les phénomènes de ghettoïsation. La plupart des dérouilleurs ne souhaitent plus retourner y vivre à moins que les conditions de vie ne soient radicalement différentes de celles qu'ils y ont connues, notamment en matière de scolarité des enfants. Parce qu'au fond, ce n'est pas tant le territoire en lui-même qui est critiqué que les possibilités de développement personnel des gens. Tahar, par exemple, n'est pas réfractaire à l'idée de quitter la banlieue parisienne et de revenir à Vaulx-en-Velin, à condition que telle soit *sa* volonté. C'est la sensation de se savoir assigné à résidence dans un quartier qui ne lui est plus supportable. Tahar : « Maintenant que j'en suis parti, quand je retourne à Vaulx, je suis bien. Quand tu y viens mais que tu habites ailleurs, tu es bien… Mes parents sont dans la ZUP depuis 1972. J'y retourne souvent : le mois dernier, j'y suis allé trois fois de suite pour des mariages et pour le baptême de mon fils. Moi je suis vachement famille, tribu. J'y vais aussi quand il y a des ennuis avec l'un de mes frères… Oui, je pourrais retourner y vivre, si c'est mon choix. Quand tu habites ailleurs et que tu y retournes en sachant que tu peux en partir quand tu veux, c'est bien… »

En revanche, l'un de ses frères, oisif, qui habite encore chez ses parents, y est si bien qu'il n'arrive plus à s'en extraire en dépit d'une alléchante proposition d'emploi. Le quartier agit sur lui comme une colle adhésive. En plus, chez ses parents, il a tout à portée de main, sans effort à fournir, sans participation aux frais de logement, sans contrainte horaire à respecter. « Pour bouffer il n'a qu'à ouvrir le frigo, il se débrouille à droite à gauche pour trouver des clopes, qu'est-ce que tu veux qu'il bouge ? » Il est dans un nid. Un cocon.

D'autres dérouilleurs s'associent à cette image et regrettent que les jeunes d'aujourd'hui soient éduqués dans l'assistanat, ayant acquis le réflexe de réclamer des avantages à la société pour s'épargner tout effort, ou bien dans une logique de victime en partant vaincus d'avance. À leurs yeux, le quartier est un ghetto qui favorise la culture de l'oisiveté, du vice et de la bande, et il n'est pas envisageable que leurs enfants puissent suivre une scolarité dans un tel environnement. C'est du reste un argument récurrent dans les discours sur les conditions de vie actuelles dans les cités : elles présentent des risques trop importants pour la scolarité des enfants. Pour cette raison, mais pour d'autres aussi, comme le développement des incivilités, l'insécurité, les rumeurs qui enveniment la vie quotidienne, les dérouilleurs ne conçoivent plus la possibilité d'un retour au « comme avant ». Une fois qu'on a quitté le quartier, on n'y revient pas. La comparaison des temps d'aujourd'hui à ceux d'autrefois insiste souvent sur l'insouciance de leur adolescence, les copains, les parties de football en bas de l'immeuble, une simplicité et une acceptation des règles de la vie sociale qui y régnait. Le *respect des aînés* et de l'autorité des pères était un trait caractéristique d'un règlement spontané et à l'amiable qui faisait que les différends étaient soldés sur place, sans la police. Bernard : « J'ai d'excellents souvenirs de justice, de rencontres, d'équité, de loyauté. Tu déconnais dans la rue, n'importe quel père de ce temps-là te tirait l'oreille. C'était sain. Pour moi, les relations étaient simples ; il y avait de la violence, mais c'était identifié, c'était la bande du Tonkin qui montait chez nous et ils se mettaient sur la gueule, c'était simple. J'ai eu une fois un souci avec des mecs qui habitaient à côté : on était assis sur un banc et deux types sont arrivés avec des battes de base-ball pour nous frapper. J'ai eu super peur, je suis rentré chez moi. Après je suis allé voir Omar, il est allé leur tirer l'oreille et l'affaire était terminée. Ensuite, je suis allé le dire à Farid, il les connaissait : il les a mis à l'amende… »

Un autre témoignage conforte l'idée qu'auparavant, les conflits entre les gens étaient moins compliqués à résoudre parce qu'il y avait des autorités de référence qui étaient respectées par tous. À l'hôpital où elle travaille, Rabia voit arriver beaucoup de personnes qui sont victimes de la drogue dans les quartiers. Elle ne se souvient pas avoir connu de tels problèmes « à son époque ». Elle pense que les gens étaient plus sains : « Ceux qui viraient mal, et bien tout le monde leur tombait dessus pour faire en sorte que ça aille mieux, alors c'est préférable que d'appeler la police pour un oui ou pour un non. Quand on pouvait arranger les choses nous-mêmes, on appelait la famille, on discutait et les ennuis passaient, ça c'est de la solidarité. Je regrette cette solidarité qu'il y avait entre les familles. On se connaissait tous et on s'entraidait vraiment parfois, pour les fêtes, les mariages, les baptêmes, les enterrements. C'était vraiment bien ça. Maintenant, moi je suis loin de tout ça... »

Entre l'époque de nos dérouilleurs et celle des « sauvageons », les quartiers sont passés d'une sociabilité de village à celle, plus complexe, de la ville. Il y a un écart d'identité entre les jeunes des quartiers contemporains et les grands frères d'hier qui leur reprochent d'avoir perdu le sens du respect, d'être insensibles aux arguments censés faire vibrer leur fibre communautaire. C'est que leur identité est plus instinctivement façonnée par une appartenance commune à un même territoire qu'à une même origine ethnique, comme semble le démontrer aujourd'hui la formation des bandes de quartier. Par exemple, lors d'une spectaculaire bagarre entre bandes rivales survenue à Paris-La Défense au début de l'année 2001, nous avons été marqués par le témoignage médiatisé d'un jeune des quartiers qui se trouvait là par hasard et qui

Pour ou contre le communautarisme ?

avait été agressé, alors qu'il était lui-même d'origine maghrébine ! Brutalement, il réalisait que son faciès n'était plus un gage d'appartenance tacite à un groupe ethnique particulier, que d'autres critères grégaires, comme l'appartenance au territoire, étaient désormais pris en compte dans le regard des autres. Aux yeux de ceux qu'il croyait être les siens, il était lui-même devenu un autre. Un étranger, un anonyme.

Une des raisons de la dévalorisation du critère ethnique au profit du critère territorial, c'est que ces jeunes sont plus atomisés sur le plan social et n'ont plus le sentiment d'appartenance multiple. La fusion de leur personnalité et du lieu – la cité, le quartier, une barre, un immeuble – couvre l'essentiel de leur noyau identitaire. Ils n'ont plus le sens de la communauté d'origine : elle renvoie à un passé qui a laissé peu de traces en eux. C'est peut-être que le modèle français d'intégration républicaine, fondé sur l'affirmation universaliste du citoyen et de ses mérites individuels, a participé à l'entreprise d'arrachement de ces jeunes à leurs attaches culturelles, sans pour autant leur garantir des chances de promotion sociale égales à celles des autres citoyens. Le résultat de ce paradoxe réside dans la grande difficulté actuelle à trouver des régulateurs dont l'autorité serait légitimée par ces jeunes. Même ceux qui ont passé une partie de leur vie à la même enseigne, voire dans de pires conditions, qui devraient donc être reconnus pour leur histoire et inspirer le respect, éprouvent désormais de la peur quand ils reviennent sur les lieux. Sid : « Je suis retourné dans la ZUP. J'y ai encore des amis, je ne reconnais plus rien de la cité aujourd'hui. L'UC6 (Unité de Construction, nom de l'immeuble), le bâtiment où j'ai vécu le plus longtemps, la dernière fois que j'y suis allé j'avais un peu peur, alors que moi pour me faire peur dans des endroits comme ça, il faut vraiment... D'habitude j'ai beaucoup moins peur au milieu de la cité de Bron-Parilly qu'au milieu d'une forêt seul la nuit ! Mais la dernière fois, c'était tendu, difficile : ça peut presque se toucher ! Les types nous branchent, nous provoquent. Une population extrêmement dure a été concentrée là. Les familles de ma génération qui habitaient là sont parties. »

La plus grande solitude de l'individu dans la ville découle en partie de la complexification croissante des modes de sociabilité. D'année en année, les quartiers ont en effet accueilli des populations pauvres et de plus en plus disparates du point de vue de leur origine culturelle et de leur histoire, et ces deux critères ont réduit les possibilités de rencontre entre les habitants. Il est devenu quasiment impossible de maintenir une cohésion par la production d'histoires communes entre les gens et ainsi de les inscrire dans des référents identitaires communs de longue durée.

Le souvenir d'une belle solidarité de voisinage entre les habitants est indélébile chez les dérouilleurs. Elle s'exprimait dans le domaine social par l'appartenance à une même condition, ou bien dans le domaine territorial par l'appartenance à la même cité, au même immeuble ou par le partage d'une aire de jeux. Des témoignages rapportent que lorsque des bagarres se produisaient dans la ville entre jeunes, elles opposaient surtout des bandes de quartier; l'identification était plus géographique qu'ethnique. D'une manière globale, les solidarités n'avaient de raison ethnique que dans des circonstances positives, par exemple à l'occasion des célébration de fêtes ou de décès.

Or, d'aucuns constatent qu'aujourd'hui les recours grégaires à l'origine ethnique, défensifs et revendicatifs, sont nés de la violence des relations sociales dans les quartiers. Les jeunes ont été entraînés dans une spirale d'enfermement sur leur bande et ont inventé des serrures de verrouillage contre les autres. Bernard est de ceux qui considèrent qu'il faut casser cette promiscuité nocive. « Ce qui me tue aujourd'hui dans la politique de la ville, c'est la politique territorialisée : tout doit se passer là au pied des immeubles et le maître-mot des élus c'est “proximité”. Moi je dis que la proximité ça tue ! Ça les rassure. Ça tue le risque. Aujourd'hui, il faut lutter pour donner aux gamins l'occasion d'aller ailleurs. La proximité, ça donne l'illusion qu'on va resserrer les liens sociaux. »

Les discours les plus virulents sur le temps passé dans les quartiers sont souvent tenus par des dérouilleurs qui n'y ont plus de famille ou bien qui sont en rupture totale par rapport à ces lieux chargés de souvenirs douloureux. Faema trouvait les Minguettes « super déprimant, à se flinguer. Il n'y avait que des familles arabes. » Elle a tellement souffert des conflits familiaux qu'elle a même perdu le souvenir du paysage, du nom du collège qu'elle fréquentait et lorsqu'on s'en étonne, elle admet qu'elle a refoulé ce passé douloureux. Elle voulait rayer tout cela de la carte. De sa carte. Le rejet est si virulent que lorsqu'elle rend visite à sa mère restée dans la cité, elle a du mal à sortir de l'appartement. Alors elle s'occupe à des tâches ménagères comme au temps où son père cherchait à l'enfermer dans des rôles familiaux qu'elle refusait. Elle se souvient d'ailleurs que lui ne supportait pas de rester dans l'appartement.

Zoheir aussi a rompu les ponts avec son quartier d'enfance. Sa mère a quitté l'appartement d'Aubervilliers pour une maison dans une autre commune. Les souvenirs des années passées dans le quartier se confondent désormais avec ceux de sa sœur qui y est décédée, des violences qu'il subissait à cause de ses idées politiques, des déchirements familiaux survenus après la mort de son père. Dans sa mémoire, le paysage de son ancien quartier est entièrement affecté par ces tristes souvenirs. Zoheir : « Auber, pour moi, c'est la mort de ma sœur. Aujourd'hui, j'y retourne uniquement pour aller au cimetière, quand j'y emmène ma mère. Et moi à Auber, j'ai toujours été détesté parce que je n'étais pas communiste. Je me faisais casser la gueule par des mecs pendant les élections... J'ai tout eu, moi... Auber, c'est une ville de merde, plus personne de ma famille n'habite là-bas, tout le monde s'est tiré. J'ai encore des cousins, des oncles qui sont restés là mais on ne se connaît pas. Quand mon père est mort, ça a été une rupture totale. Comme ils voulaient tous que ma mère retourne en Algérie mais qu'elle ne voulait pas – elle avait vingt-huit ans, elle était belle – elle nous a placés dans des familles. Donc mes oncles, je ne les ai jamais revus en trente ans, seulement à la mort de ma sœur, alors qu'ils savaient que ma mère était dans la merde... »

Une adresse normale

Une fois qu'ils ont quitté leur quartier et leur ville pour des raisons professionnelles, les dérouilleurs cherchent à se loger en dehors du parc social pour éviter de nouvelles stigmatisations, désamorcer *l'effet boîte aux lettres.* Le déménagement est l'occasion d'un nouveau départ dans la vie. C'est surtout valable pour ceux qui ont vécu dans des quartiers secoués par des violences sociales ou des troubles d'envergure nationale (Vaulx-en-Velin, Vénissieux-les Minguettes, le Val-Fourré, les Bosquets, Aubervilliers, la Grande Borne, etc.) tels que l'adresse de l'individu en ce lieu s'est transformée en facteur de discrimination, surtout pour la recherche d'emploi. Pour ceux qui ont vécu dans des cités plus tranquilles, moins marquées ethniquement, l'effet boîte aux lettres a moins joué. Mouloud : « Dans la Loire, il n'y a pas grand-chose, surtout quand tu viens comme nous d'un sale quartier, alors là je te raconte pas les difficultés… » Pour du travail, il a déménagé avec sa compagne d'un quartier de Saint-Étienne à Lyon. Ils ont d'abord habité dans un « autre quartier », similaire à celui qu'ils venaient de quitter, mais qu'ils n'ont pas supporté plus de six mois, considérant qu'ils avaient déjà suffisamment « donné ». Ils ont finalement pris un logement dans un vieux quartier du quatrième arrondissement, la Croix-Rousse, plus cher mais plus tranquille. Parmi les motifs avancés par Mouloud pour justifier son refus de logement social dans un quartier, il y a surtout la crainte de vivre encore comme un étranger dans un nouveau lieu où il n'a ni repères, ni histoire, ni garantie de sécurité ou de tranquillité. Il se disait que quitte à habiter encore dans un autre quartier, il aurait mieux fait de rester là où il était : il connaissait les gens là-bas, il savait qu'il ne risquait rien « alors que là, tu ne sais pas, tu n'as pas confiance quand tu débarques. C'était uniquement psychologique, il n'y avait rien en fait, que des gens comme toi et moi, mais je ne sais pas, je ne supportais plus les tours, les bus... Tout ça, je voulais que sur ma carte d'identité, pour la première fois de ma vie, il y ait une adresse qui soit normale, pas un nom de fleur ou d'arbre faisant peur aux gens quand tu leur demandes un crédit... »

Belle image pour exprimer le désir d'une nouvelle vie, d'un retour à la normalité symbolisé par une adresse qui porte le nom d'un personnage de l'Histoire (de France !) ou d'une bataille, peu importe, mais en tout cas plus les « noms de fleurs ou d'arbres » (autant de choses qui sont condamnées à vivre dans des pots, incapables de se déplacer, assignées à résidence...) dont sont affublées les avenues impersonnelles qui structurent la géographie rectiligne des cités de banlieue. Le déménagement accompagne un changement identitaire, un nouveau souffle, un nouvel horizon.

Mouloud a coupé les ponts avec son quartier de Saint-Étienne mais il reste en contact avec des amis et la famille de sa tante qui y habitent toujours. Ses parents ont déménagé dans un appartement du centre-ville où ils ont désormais tout à portée de main : leur vie quotidienne est plus facile. Maintenant qu'il a obtenu une promotion professionnelle, il a moins de temps pour retourner dans son ancien quartier mais les échos qu'il reçoit touchant sa dégradation lui confirment que ses enfants ont de la chance de ne pas y grandir. Sur un ton ironique, pour éviter les discriminations dues au délit de faciès, il leur souhaite de ressembler physiquement à leur mère, Française. Invisible.

* ( ) s/les noms des rues ds les quartiers

De la ville de province à la grande ville

En déménageant, le dérouilleur passe d'un statut de jeune des quartiers à celui de citoyen anonyme. Ainsi, dans la grande ville où ils se sont établis après avoir quitté leur ville de province, les dérouilleurs ont l'impression de ne plus subir l'effet délit de faciès. L'agglomération les a noyés parmi les autres et les a obligés à acquérir de nouveaux repères en tant qu'individus sans histoire, dans les deux sens du terme. Le déménagement a transformé les représentations de soi dans la société. Kamal : « C'est vrai qu'il n'y avait pas la mer, mais Ramisa l'a vue toute sa vie la mer et moi, ça ne me faisait rien de quitter Cannes, parce que de toute façon je trouvais cette ville trop bourgeoise. On te regardait trop de travers et on ne te respectait que pour ton fric, alors il valait mieux monter un peu plus haut : comme ça, je me rapprochais de chez moi. »

Pour les filles, l'anonymat qu'offre la ville est une aubaine. Une fois qu'elles s'y sont établies, elles apprécient d'être hors de la vue des voisins, du père et des frères. Elles ont échappé à la « communauté de vue », à la surveillance de proximité qui prévaut dans la vie collective des quartiers, même si elles se retrouvent parfois dans un état d'isolement social, froid, auquel elles ne sont pas habituées.

L'idéal de la maison

La vision que l'individu a du quartier se modifie dès que la famille s'agrandit, que sa situation économique s'améliore. La question de savoir ce que ferait le dérouilleur en cas d'enrichissement soudain a permis de constater l'importance accordée à l'achat d'une maison pour lui et ses parents. L'investissement « dans la pierre » en France confirme ainsi l'enracinement territorial de cette population naguère en transit.

Une maison pour soi

Globalement, l'achat d'une maison indépendante constitue un aboutissement normal pour les dérouilleurs : elle marque l'émancipation par rapport au logement social et à tous les attributs péjoratifs qui lui sont associés. Devenir propriétaire de sa maison matérialise une aisance enfin acquise, la fin de l'obligation de subir le voisinage, la fin d'une errance et la stabilisation dans un lieu sécurisant, et à plus forte raison pour ceux qui ont des enfants en bas âge. Salim : « J'ai fait construire une maison il y a huit ans, c'est un bien-être pour les enfants, une sécurité de les voir s'amuser en bas dans le jardin plutôt que dans la cité, une qualité de vie qu'on recherche quand on a une stabilité sociale. »

Les parents de Salim ont eux-mêmes acheté une maison qu'ils habitent depuis longtemps. En revanche, ceux de Yazid sont retournés vivre en Algérie et n'ont laissé aucun héritage aux enfants, ce que lui-même cherche à éviter aujourd'hui pour les siens, Français. Dès qu'il s'est mis à travailler, il a décidé d'acheter une maison indépendante, ici, dans la banlieue parisienne, illustrant le fait qu'on peut habiter une maison et ne pas chercher à fuir à tout prix le quartier où l'on a grandi, même s'il est en proie à de graves problèmes sociaux. Yazid se plaît à souligner qu'il a certes déménagé dans une maison en zone pavillonnaire mais qu'il reste à proximité de la cité : il ne renie ni ses racines territoriales ni ses origines. Il ne voulait plus payer un loyer, pour rien. Pour preuve de sa proximité, il signale que de la fenêtre de sa maison il peut encore apercevoir le quartier du Val-Fourré : « donc je suis dans le quartier et à l'extérieur en même temps ».

Quand le dérouilleur dispose de moyens économiques supérieurs, vers l'âge de trente ans généralement, sa consommation se modifie : il aspire à un bureau, à un garage, à un jardin pour ses enfants… et envisage naturellement de quitter l'appartement exigu du parc social, pas forcément le quartier, pour une maison individuelle. Il rejoint ainsi le courant général de la population dont le lieu d'habitation n'a rien à voir avec l'origine.

Une maison pour ma mère

S'il a des moyens encore plus élevés, il aura à cœur d'offrir une maison à ses parents, en particulier à sa mère (parce que c'est elle qui vit « dedans », contrairement au père), en guise de récompense pour leurs sacrifices.

Dans le cas où les parents ne désirent pas s'éloigner du quartier, creuset de leur mémoire, les dérouilleurs cherchent à les installer dans une maison individuelle proche de leur réseau relationnel. Mais plus fréquemment, ils souhaitent quitter le quartier dans la mesure où les enfants n'habitent plus avec eux et qu'un déménagement ne les perturbe pas outre mesure. Ils auront alors tendance à se rapprocher du centre-ville pour bénéficier des avantages de la proximité. Dans la famille d'Aïcha, le frère aîné a travaillé d'arrache-pied pendant deux ans dans une société financière afin de pouvoir offrir le plus vite possible une maison à sa mère qui vit seule avec le dernier de ses enfants. Elle dit qu'elle commence à vivre aujourd'hui seulement.

Pour les dérouilleurs, extraire leurs parents de la cité et les loger dans une maison individuelle est un geste hautement symbolique. La réussite individuelle est d'autant plus appréciée que ses fruits sont redistribués aux membres de la famille. En souriant, Faema dit que sa mère, elle, préfère recevoir de l'argent liquide plutôt qu'une solide maison…

Mais une chose est sûre, à présent : presque plus personne ne parle d'acheter de maison dans le pays d'origine. Le pays, c'est là. Pour de bon. C'est le signe le plus concret de l'abolition du mythe du retour qui prévalait dans les années soixante, soixante-dix[33].

33. *Écarts d'identité*, *op. cit.*

CONCLUSION

DÉROUILLER VERS L'AILLEURS

Un autre regard sur les jeunes des quartiers

Il m'a toujours semblé pertinent d'analyser les conséquences de la rupture des liens entre les quartiers et la ville, à travers l'observation des déplacements des jeunes qui y vivent, et notamment des bandes.

Des grands ensembles construits à la périphérie des villes dans les années soixante et soixante-dix, il nous reste l'image d'habitants passifs, heureux de se retrouver dans le confort matériel et fonctionnel de nouveaux appartements, loin de la ville mais attendant patiemment à l'arrêt d'un bus celui qui viendra les prendre pour les emmener sur leur lieu de travail. L'écart géographique entre ces zones à urbaniser en priorité (ZUP) et la ville justifiait alors l'appellation de cité-dortoir. Ce *temps des ZUP*, d'exclusion passive, est bel et bien révolu et il a fait place au *temps des banlieues* dans lequel l'écart à la ville est instrumentalisé par les jeunes des quartiers, mis à profit dans des logiques sociales de revendication ou utilisé dans des jeux de scènes destinés à provoquer l'ordre établi selon deux types de scénarios, celui de la descente en ville et celui du « caillassage » [34] à domicile.

Descente en ville

Le premier concerne leurs déplacements vers le lointain, vers ce qui se trouve à l'extérieur de la cité, vers le centre-ville par exemple. Quand ils s'y rendent, en bande le plus souvent, ils se concentrent et se fixent dans un lieu très passant et exposé, selon un rituel de défi, signifiant que la périphérie *descend* au centre, que la banlieue investit le cœur de la cité. Cette mise en scène de la bande dans l'espace public [35] a pour objectif de forcer le regard de l'autre sur soi dans l'agora, ce lieu où la présence des jeunes des quartiers n'est *pas bien vue par les riverains et les commerçants*. Ici, l'écart au centre sert, grâce à l'argument du nombre, l'idée d'une reconnaissance sociale et urbaine. Il est volontairement réduit pour montrer que les barbares sont au cœur de la cité, comme accrochés irrémédiablement à l'autre bout de l'intervalle. Les lascars [36] des temps modernes – à l'instar des héros de la comédie musicale *Hair* – ont appris à renverser les rapports proche/lointain, étranger/indigène, fort/faible, dominé/dominant. Et la bande, quand elle *se montre* au centre, est consciente que faire peur c'est exister.

Caillassage à domicile

Le second phénomène concerne l'immobilité et se déploie dans la proximité. Je l'illustrerai en exa-

34. Action de lancer des pierres.
35. Voir Erving Goffman, *Les Rites d'interaction*, Minuit, 1974.
36. C'est parfois ainsi que se nomment les jeunes des quartiers... Azouz Begag et Reynald Rossini, *Du bon usage de la distance chez les sauvageons*, Le Seuil, 1999.

minant le rituel déployé par ces jeunes lorsqu'ils volent une voiture. En effet, c'est dans l'enceinte de leur cité qu'ils reviennent pour donner un spectacle en deux actes : d'abord s'exercer au rodéo, exhiber la prise et la brûler sous les yeux de la population, puis, attirer les forces de l'ordre et les pompiers au cœur de leur territoire pour les *caillasser*. Ces embuscades signent le message suivant : « On habite *loin*, mais on est *là* quand même ! », slogan fondé sur des adverbes de lieu, illustrant la revendication du quartier comme territoire bouclé de l'intérieur, entité collective de corsaires où l'on donne encore signe de vie en faisant du tapage et en mettant le feu [37], preuve d'un pouvoir de nuisance.

Ces dernières années, on a fréquemment vu à l'œuvre cette *politisation de l'écart* chez les jeunes des quartiers, attestant de leur habileté à jouer, à déjouer et à se jouer de l'intervalle qui les maintient outre-ville [38]. Comme on dit de quelqu'un qu'il fait bande à part, ils font, eux, « ville à part » pour pousser jusqu'au bout la logique subie de l'exclusion et la transformer en logique stratégique d'insularité [39].

Il faut bien garder à l'esprit que, conscients ou inconscients, ces jeux et enjeux de territoires sont

37. On relira avec intérêt les pages de Norbert Elias à propos des relations entre les « établis » et les « marginaux »... « Le fait de savoir qu'en faisant du tapage, en commettant des déprédations ou en se montrant agressifs ils pouvaient indisposer ceux-là mêmes qui les rejetaient et les traitaient en parias était une incitation supplémentaire, peut-être l'incitation majeure, à se mal conduire. Histoire de se venger de ceux qui les accablaient, ils éprouvaient un malin plaisir à faire les choses qu'on leur reprochait. » *in* Norbert Elias, John L. Scotson, *Logiques de l'exclusion*, Fayard, 1997 (p.209).
38. Mohand Mounsi, *Territoire d'outre-ville*, Stock, 1995.
39. C'est l'intériorisation du stigmate de Erving Goffman.

surtout le fait des adolescents, ou même des plus jeunes, et peuvent être considérés comme un rite initiatique d'opposition à l'autorité. Plus âgés, quand l'expérience de la vie aura changé leur vision du monde, quand ils auront pris conscience de leur *individualité*, comment se *situeront-ils* et comment verront-ils leur écart à la ville ? Seront-ils *entrés* en France ?

Culture de la mobilité contre le refuge

Rétrospectivement, tous les dérouilleurs affirment que leur mobilité hors les murs a été salutaire pour la construction de leur individualité et que leur réussite n'aurait été possible sans une prise de distance avec leur milieu qu'ils considèrent comme sclérosant. Malgré les douleurs de l'arrachement, personne ne regrette d'avoir fait le pas. Souvent, les verbes familiers comme *se tirer*, *s'arracher*, *se barrer*, *se bouger* ou *se casser* sont utilisés pour souligner leur conviction qu'il faut se « décoller » des murs de son quartier pour s'ouvrir sur l'ailleurs et trouver ses repères personnels au contact des autres. Un dérouilleur stéphanois, fier aujourd'hui de s'en être sorti malgré ses « études bidon », assure que s'il n'était pas parti de son quartier, aujourd'hui, il serait mort, pas forcément physiquement, mais mentalement : il ne ferait plus de rêves.

Quand le déclic se produit-il ? La plupart du temps, les individus affirment seulement qu'ils ont eu l'intuition du bon moment, celui où il était urgent de prendre une décision, de changer de cap, de partir. Ils réalisent qu'il leur faut quitter le quartier et leur réseau de relations en même temps. Comme si dans les cités, la bande, *le business* et le vice formaient une structure indissociable, comme si le lieu et le milieu étaient confondus ; pour se démarquer, il faut quitter l'un et l'autre. Après coup, certains dérouilleurs regrettent même de n'être pas partis plus tôt du quartier, et d'avoir ainsi perdu un temps précieux pour leur ancienneté professionnelle et leur augmentation de salaire. Rabia, fonctionnaire, a laissé sa cité de la Loire pour s'installer seule à Lyon ; elle tient maintenant un discours radical sur la nécessité de partir, de bouger si on veut réussir quelque chose.

Rabia : « Même une fille comme moi qui ne fait pas de conneries, qui ne fréquente pas n'importe qui, elle galère, alors le jeune qui a de mauvaises fréquentations, il tourne obligatoirement mal, à moins que son entourage ne soit vraiment très bien. Sinon il faut aller voir ailleurs s'il n'y a pas mieux. Et franchement, c'est très facile de trouver mieux que ça. Parce que la vie que tu mènes dans un quartier n'est bien que dans quelques domaines. Or tu peux avoir ces choses en revenant de temps en temps mais pas en y restant, parce que si tu restes, tu te colles l'image du quartier à la peau et surtout dans la tête : tu es un peu coincé. Mais d'un autre côté, c'est vrai que ce n'est pas facile de partir si tu n'as pas de travail fixe. En plus les offices HLM ne sont absolument pas là pour t'aider, parce qu'ils veulent au quartier pour que tu n'ailles pas ailleurs, sous prétexte qu'il ne faut pas déserter le quartier. Mais il faut quand même qu'ils comprennent que tu ne peux pas être prisonnier dans un pays qui se dit républicain… »

Mixité sociale : premières incursions chez les indigènes

À l'examen des interviews, il m'apparaît que l'un des meilleurs moyens pour esquiver les stigmatisations liées à « l'image des quartiers » consiste à faciliter pour ces jeunes les expériences de rupture géographique. Souvent, les dérouilleurs ont dit que la mobilité les avait poussés à vaincre leurs peurs et à se mettre en danger chez les autres ; elle leur avait donné la possibilité de renforcer leur confiance en soi, ce qu'ils ne pouvaient faire dans leur lieu-milieu. J'insiste sur ce constat important : ceux qui dans leur jeunesse ont fréquenté des établissements scolaires situés loin de chez eux, qui sont partis en colonies de vacances, qui ont été placés dans des familles ou pris en charge par des enseignants, des associations œcuméniques... ont fait précocement connaissance avec la mixité sociale et en ont tiré profit pour la construction d'une représentation positive d'eux-mêmes. Cela leur a permis de croire qu'ils n'étaient pas condamnés à l'échec social.

La confiance en soi

Dans les discours, l'autonomisation que cette mobilité a octroyée aux dérouilleurs se voit confrontée à la rouille qu'ils subissaient dans leur quartier d'origine, à leur soumission aux codes de la bande. Les individus se souviennent qu'ils vivaient comme sous serre, avec peu de possibilités de construire leur individualité. Lorsque la bande constituait leur unique référence, ils avaient peu d'occasions de faire des rencontres susceptibles de bousculer leurs représentations du monde, de dissocier l'*ici* du *là-bas.* À l'évidence, la mobilité géographique leur a fait découvrir des endroits qu'ils n'auraient jamais pu imaginer autrement, où ils n'auraient donc jamais pu s'imaginer. Je mets cette fois l'accent sur les verbes « rêver », « imaginer », récurrents dans les entretiens, car ils soulignent la capacité des jeunes à se représenter un ailleurs possible et à rompre avec la bande qui entretient l'individu dans l'idée de « rouille sociale ».

L'expérience de la mobilité a démontré aux dérouilleurs que la vie confinée dans leur quartier était pathologique et nourrissait des peurs et une paranoïa collective. Rétrospectivement, ils considèrent que dans l'étau de la bande ils se persuadaient réellement que le monde extérieur leur était hostile, qu'ils n'y avaient pas leur place et se recroquevillaient ainsi dans des logiques guerrières ; ne pouvant s'imaginer dans un monde « ailleurs », ils niaient son existence en produisant à leur tour un discours stigmatisant à son sujet. Ils avaient peur, se méfiaient. L'expérience personnelle de la rupture intervient alors comme un apport de nouveaux éclairages ; elle élabore la confiance en soi. En matière d'emploi par exemple, élément déterminant pour l'insertion des jeunes, en élargissant l'aire géographique de sa recherche, le dérouilleur a connu des situations où son origine n'influençait guère ses chances d'embauche, où seules ses motivations personnelles le différenciaient des autres candidats. Cette constatation, beaucoup l'ont faite avec étonnement dès leurs premiers entretiens et ils sont alors devenus moins perméables aux stéréotypes produits par leur milieu d'origine. La mobilité leur a permis de confronter leurs préjugés à la réalité et de réajuster personnellement leur système de représentations.

On se souvient de ce candidat à une offre d'emploi qui, parce qu'il envoyait son curriculum de très loin, a été convoqué à l'entretien, les employeurs considérant sa démarche comme un bonus par rapport aux autres ; un autre raconte qu'un responsable de service médical privilégiait même les candidats issus de l'immigration, sous prétexte qu'ils avaient des qualités professionnelles supérieures à la moyenne ; une autre, que les enseignants lui accordaient une attention singulière parce qu'elle était l'unique enfant d'immigrés de sa classe, etc. Nombreux sont les exemples de cette confiance qui transforme la vision du monde des dérouilleurs.

D'ailleurs, il est frappant de constater que les dérouilleurs appellent « le monde » ce qui est situé à l'extérieur du quartier. On retrouve le mot dans les expressions telles que « il faut aller voir le monde », « il faut s'ouvrir sur le monde », comme si la vraie vie se déroulait ailleurs, que le quartier était un non-lieu. Pour sortir de la délinquance, Kamal s'est enfui de son quartier où il se sentait englouti et a réussi une belle carrière de vendeur dans le sud de la France. Rétrospectivement, il considère que le système social est pervers et cache aux jeunes des quartiers la vraie vie, celle qu'il a découverte depuis qu'il a trouvé un emploi et gagné la confiance des autres. Pour autant, il n'a pas renoncé à son héritage culturel, puisqu'il a épousé une fille d'origine maghrébine rencontrée sur son lieu de travail.

Kamal : « Moi je dirai tout simplement qu'il faut partir de ces trous à rats parce que ce n'est pas bon pour nous, on nous enferme là-dedans et on nous demande de moisir là-bas. Et si tu n'as personne pour te faire comprendre que tu dois partir, tu y restes et tu ne vois même pas que c'est pas bon pour toi. Moi j'ai eu la chance d'avoir des gens qui ont eu confiance en moi et je crois que c'est grâce à eux que je suis ici aujourd'hui à parler avec toi. Sans eux, je serais je ne sais où, peut-être que je serais mieux, plus riche... Mais ça, ça ne compte plus maintenant pour moi, parce que j'ai une famille heureuse. J'ai des choses bien dans la vie, alors le reste c'est superficiel. Oui, il faut partir parce que franchement, ici il n'y a rien. Il suffit de regarder les zones d'activités : soit il n'y a rien, soit les gens sont racistes et ne te recrutent pas faute de confiance. Alors il n'y a pas le choix : déménagement et nouvelle vie, un point c'est tout. Il faut du courage pour partir mais faut aussi du courage pour rester parce que les gens vivent mal dans les quartiers. Ça se passe mal. Ils n'ont pas d'argent, pas de boulot, ils sont traités comme des lépreux, alors que faire contre ça ? Moi, je ne cherche pas d'excuses aux gars qui virent mal, mais quand même : quand tu n'es pas accepté dans une boîte, puis deux, quand on te regarde de travers à longueur de journée, tu finis par péter les plombs et stop. C'est vrai ça, c'est pas une vie... Je crois qu'il faut quand même partir des quartiers où l'on habite pour aller voir la vraie vie, celle que personne ne veut nous montrer ; une fois que tu as vu ça, tu comprends bien la façon dont on t'a magouillé, dont on t'a caché la vraie vie... »

Globalement, pour avoir des chances d'aboutir, l'émancipation du dérouilleur requiert des personnes-relais susceptibles de transmettre la confiance et le courage nécessaires à l'affrontement du monde extérieur, affrontement qui fragilise l'individu parce qu'il constitue un déracinement, une réorientation. Il leur faut en effet croire sans preuve à l'idée qu'en France, on peut devenir un citoyen essentiellement reconnu selon ses qualités et ses mérites. Une fois qu'ils ont acquis ce capital de confiance, les dérouilleurs sont désormais guidés dans leur nouveau système de représentations par des projets de vie, des objectifs, des défis à réaliser. C'est tout leur rapport au temps qui a été modifié par la délocalisation.

Écarts et écartèlements

L'idée de confiance en soi est fondamentale dans la réussite sociale des dérouilleurs et il me paraît intéressant de la resituer ici dans le cadre des modes de fonctionnements sociaux observables dans les quartiers sensibles à propos de la négation de l'individu, de l'irrespect des autorités, des relations filles-garçons, de l'ailleurs et des Autres.

Chez beaucoup de jeunes des quartiers, l'assujettissement à l'identité castratrice du groupe génère chez l'individu des conflits internes avant de devenir une source de violence extérieure. On peut considérer ces tiraillements comme un travail identitaire au cours duquel l'individu résiste à sa propre négation et cherche à s'extraire de la zone d'influence du groupe pour bâtir son propre espace. Lorsque les conditions exogènes sont favorables à l'émancipation – une période de croissance économique par exemple –, cette dernière se réalise avec plus ou moins de vicissitudes. En revanche, lorsqu'elles sont mauvaises, l'horizon

(*) j'adhère, mais ce n'est pas révélateur du reste

extérieur au quartier est bouché et rend plus difficile l'émancipation de l'individu vis-à-vis de son groupe, quand bien même ce serait là son aspiration profonde. D'où une plus grande paranoïa et une schizophrénie qui l'enferment encore davantage dans la marginalisation.

Or, pour reprendre la métaphore de l'horizon, il faut dire que depuis quelques années, la météo est plutôt défavorable pour les jeunes de banlieue en mal de grand large.

Mort des pères

Germant dans la fracture entre la ville des uns et la ville des autres, les peurs ont comblé les failles. Les formes de violence débordent désormais des domaines que l'on considérait du temps des dérouilleurs comme des garde-fous, tels le respect dû aux pères, aux grands frères, aux aînés en général, et aux représentants traditionnels de l'autorité[40]. La conjugaison d'un double mouvement, celui de la violence accrue de l'exclusion économique et urbaine, couplé à la dissolution de l'individu dans son groupe primaire, explique aujourd'hui les difficultés d'émancipation de la personne et son difficile arrachement à son quartier-refuge.

Un exemple flagrant : dans les quartiers, nombre de jeunes qui conduisent des scooters ou des voitures ne respectent plus les trottoirs, les feux de signalisation, tout simplement parce que ces objets du mobilier urbain renvoient à un code de « conduite » qu'ils rejettent, au risque de provoquer

40. Même si je suis conscient que la confrontation entre jeunes et représentants de l'autorité, frontale ou insidieuse, fait partie des rites de passage entre enfance et âge adulte…

et d'être victimes de graves accidents de la circulation. On m'a d'ailleurs rapporté le témoignage de conflits opposant des chauffeurs respectueux des feux rouges et des réfractaires, ces derniers pressant à coups de klaxon les premiers de libérer la voie. Ces refus de se plier aux règles communes montrent bien qu'au sein de leur quartier, des jeunes en sont arrivés à s'imaginer hors du monde, sans feux de signalisation, sans représentants de l'ordre et de la loi. Parfois, à l'occasion de phénomènes ponctuels comme une bagarre contre une bande de la cité voisine, un match de foot, ils (re)forment un collectif fonctionnel spontané et réactivent une identité dormante, l'appartenance à un même territoire devenant dans ce schéma le dénominateur commun.

La peur est omniprésente dans ces comportements. Ce n'est pas un hasard. Au cours des décennies passées, l'idée de « sortir » en ville s'est de plus en plus chargée d'inquiétude. Plus largement, celle de « partir » fait peur. Dans une société rongée par le sentiment d'insécurité, la tendance est plutôt à rester entre soi, sur place, à minimiser les risques des *mauvaises rencontres*, à assurer ses voyages, dans tous les sens du terme. N'est-il pas temps de pousser justement les jeunes des quartiers à aller « voir ailleurs s'ils y sont ! » pour reprendre une injonction familière paradoxale ? On pourrait en fait entendre « voir ailleurs *qui* ils sont », ce qui illustrerait encore mieux l'idée de les emmener loin de leur décor intérieur pour les aider à s'apprécier sous différents angles de vue, à se représenter au milieu des autres.

Dans l'univers masculin des bandes de quartier, organisé selon de factices solidarités de groupes, le manque d'affectivité et la misogynie façonnent des êtres qui font peur collectivement aux autres parce qu'ils ont peur individuellement. Or j'ai montré de quelle façon, chez les dérouilleurs, la relation aux femmes avait constitué un facteur essentiel de la réussite sociale : plus l'individu a été entouré de présences féminines dans son enfance et son adolescence – mère, grand-mère, sœurs, cousines –, et plus sa sensibilité aux autres s'en est trouvée enrichie. Dans les quartiers, s'en sortir, c'est aller vers la féminité, sur l'autre rive. Peut-être est-ce une autre façon de parler de la nécessité d'accepter *la* différence, *sa* différence...

Questions pour demain

En somme, le thème de l'enfermement des jeunes des quartiers semble globalement se ramener à cette question du voyage, telle que l'a énoncée Albert Camus dans *L'Envers et l'Endroit*[41]. À terme, on peut penser que l'accoutumance à la mobilité-prise de risque amènera une partie d'entre eux à choisir leur lieu de résidence et leur espace de sociabilité dans un rayon géographique de plus en plus large.

D'ailleurs, beaucoup n'ont pas attendu ma conclusion pour le faire. En effet, il n'est pas inutile de clore cet ouvrage en ouvrant une dernière porte sur les nombreux cas de jeunes des quartiers partis *très loin* des leurs pour aller travailler, étudier, voir du pays, suivre un conjoint, ou bien tout simplement pour se (re)trouver ailleurs. Ainsi, au gré des entretiens, j'apprends qu'une sœur s'est établie en Angleterre, une autre étudie au Canada, un garçon au Zimbabwe, un

41. *Op. cit.*

autre dans les Dom-Tom, un autre encore en Allemagne, plusieurs aux États-Unis... Ces voyageurs nous informent d'une incontestable ouverture du rayon d'action géographique des filles et des garçons des quartiers, non plus dans une simple relation de la petite à la grande ville ou bien de la province à Paris, mais dans une relation qui relie directement le quartier de banlieue à l'Europe, voire au reste du monde.

Dans une recherche future, il faudrait se demander si un déplacement précoce [42] d'un micro-quartier vers un espace urbain plus vaste n'amène pas les jeunes, par l'accoutumance à la mobilité et au franchissement de (handi)caps, à se déplacer dans des espaces sans limites.

Parallèlement, il serait judicieux d'enregistrer l'écho des récits de ces grands voyageurs sur l'imagination des « rouilleurs », ceux qui demain seront encore *là* à faire le pied de grue contre les murs de leur immeuble, blottis les uns contre les autres dans la chaleur de leur décor intérieur, et pour qui le monde de l'autre côté du périph' sera toujours l'immonde. De quel ailleurs rêveront-ils ?

42. Pour aller dans un nouveau collège, un nouveau lycée, en vacances loin du quartier...

Bibliographie

Marc AUGÉ, *Non-lieux. Introduction à une anthropologie de la surmodernité*, Le Seuil, collection La Librairie du siècle, 1992.

Gaston BACHELARD, *L'Eau et les rêves*, Librairie José Corti, Paris, 1991.

Souad BELHADDAD, *Entre-deux je. Algérienne ? Française ? Comment choisir…* Mango éditeur, 2002.

Ahmed BOUBEKEUR et H. Abdallah MOGNISS, *Douce France. La saga du mouvement Beur. 1983-1993*, *Quo Vadis*, revue de l'agence IM'média, numéro spécial, automne-hiver 1993.

Djamel BOURAS, *Combat vers la lumière*, Stock, 2000.

BOUZID, *La Marche. Traversée de la France profonde*, Sindbad, 1984.

Yves CATIN, « L'homme passeur de frontières », *in Le Franchissement des frontières. Naissance d'identités nouvelles*?, *Concilium*, revue internationale de théologie, Beauchesne Éditeur, 1999 (p. 20).

Albert CAMUS, *L'Endroit et l'Envers*, Gallimard, Folio Essai, 1999.

Jean-Michel CHAPOULIE, *La Tradition sociologique de Chicago*, Le Seuil, 2001.

André CHRISTOPHE et François LELORD, *L'Estime de soi. S'aimer pour mieux vivre avec les autres*, Odile Jacob, 1999.

Christian DELORME, *Par amour et par colère*, Centurion, 1985.

Norbert ELIAS, John L. SCOTSON, *Logiques de l'exclusion*, Fayard, 1997.

Edward T. HALL, *La Dimension cachée*, Le Seuil, 1972.

G. Alec HARGREAVES, *Immigration and Identity in Beur Fiction. Voices from the North African Community in France,* Berg, Oxford, 1997.
Immigration, « Race » and ethnicity in comtemporary France, London/New York : Routledge, 1995.

Zaïr KEDADOUCHE, *Zaïr le Gaulois*, Grasset, 1996.

Yazid KHERFI et Véronique LE GOAZIOU, *Repris de justesse*, Syros, Alternatives sociales, 2000.

David LEPOUTRE, *Cœur de banlieue*, Odile Jacob, 1997.

Julia KRISTEVA, *Étrangers à nous-mêmes*, Fayard, 1988.

Adil JAZOULI, *L'Action collective des jeunes d'origine maghrébine*, L'Harmattan, 1986 ;
Les années banlieues, Le Seuil, 1992.

Henry LABORIT, *Éloge de la fuite*, Gallimard, Folio Essai, 2000.

François MASPÉRO, *Les Passagers du Roissy-Express*, Le Seuil, 1990.

Serge MOSCOVICI, *Psychologie des minorités actives*, PUF, 1982.

MOUNSI (pseudonyme de Mohand Nafaa), *La Noce des fous*, Stock, 1990 ;

Territoire d'outre-ville, Stock, 1995.

Robert EZRA PARK, « La communauté urbaine. Un modèle spatial et un ordre moral », *in L'École de Chicago. Naissance de l'écologie urbaine*. Champ urbain, Aubier, 1979.

Tzvetan TODOROV, *Nous et les autres. La réflexion française sur la diversité humaine*, Le Seuil, 1989.

Jacques VERRIÈRE, *Genèse de la nation française*, Flammarion, collection Champs, 2000.

OUVRAGES SCIENTIFIQUES ET ARTICLES D'AZOUZ BEGAG

En collaboration avec R. ROSISINI, *Du bon usage de la distance chez les sauvageons*, Le Seuil, collection Point -virgule, 1999.

En collaboration avec A. CHAOUITE, *Écarts d'identité*, Seuil, collection Point virgule, 1990.

Espace et Exclusion. Mobilités dans les quartiers périphériques d'Avignon, L'Harmattan, 1996.

L'Immigré et sa ville, Presses universitaires de Lyon, 1985.

Place du Pont ou la médina de Lyon, Autrement, 1997.

En collaboration avec Ch. DELORME, *Quartiers sensibles*, Seuil, collection Point-virgule, 1994.

La Ville des autres. La famille immigrée et l'espace urbain, Presses universitaires de Lyon, 1991.

« La révolte des lascars contre l'oubli à Vaulx-en-Velin », *Annales de la recherche urbaine*, décembre 1990, n° 49 (pp. 114-121).

« Voyage dans les quartiers chauds », *Les Temps Modernes* : Banlieues, citoyenneté ou relégation, décembre 1991-janvier 1992 (pp.132-164).

« La Pauvreté comme terrain », *Metropolis*, Chercheurs en ville, mai 1992.

En collaboration avec Ch. Delorme, « Rites sacrificiels des jeunes dans les quartiers en difficultés », *Annales de la recherche urbaine*, mars 1992, n° 54 (pp.221-242).

« Entre rouiller et s'arracher, réapprendre à flâner », *Annales de la recherche urbaine*, juillet-septembre 1993, n° 59-60, (pp.179-188).

altérité / endogame // exogame
p. 33

vicissitude p. 60 / FLN p. 105

- dirimant ⊕ p. 83
- caractéristique déracilleurs p. 87
p. 128, p. 160, 162
- p. 96 : Q : ds la mesure où 1 défi personnel est + dur à atteindre qu'1 défi collectif (ascenseur de fierté pour la famille, pour l'ethnie), n'y a-t-il pas des facilités à s'en sortir 1 fois le projet établi ?. On dirait que ceux qui ont réussi sont médecins ou ingénieurs mais n'ont pas syst réussi 1 vie bien remplie d'œuvre heureuse.
- Tournant politique 81-83 p. 101
- p. 106 . § s/ccl réussite déracilleurs s/ la leurs (proches).

Achevé
d'imprimer
en mars 2004 sur
papier Alisado par
l'imprimerie Liber
Duplex de Barcelone
(Espagne).

Notre site Internet : www.1001nuits.com

N° d'édition : 46162
49.4758.02.6